ひとすじの光

戦火を逃れて

高山八郎

海鳥社

装画・入江千春

ひとすじの光◉目次

父

「日曜日、海釣りに行くぞ」

待ちに待った父との約束が明日になった。簀子《すのこ》国民学校四年生の荻稔《おぎみのる》は、授業が終わると急いで校門を出た。少し行くと海が見える。白い細い波が幾重にも連なって押し寄せてくる。明日は大丈夫かな。かすかな不安が稔の心に広がった。

簀子国民学校は福岡市の大濠公園から海岸へ向かったところにあった。

稔の父は小学校の教師、家族は母、それに二年生になる妹の宏美がいた。家族みんなにかわいがられ、特に父の兄武雄おじさんと近所に住むおばあさんに、荻家の跡取り息子として溺愛され、甘えん坊でわがままな子に育った。小学校に入っても、先生にも友だちにも大事にされ、いじめる子などいなかった。それで内でも外でも

何不自由なく過ごすことができた。家族と約束した家の前の掃除さえしないことがあった。そんな稔に母が注意しても、

「ばあちゃんがしてやるち、言いなったもん」

口答えするのだった。


父を迎えての夕食は、明日の海釣りの話で盛り上がった。

「誰が一番釣れるかな」

父が笑いながら尋ねると、二年生の宏美が、

「それは私ね」

人指し指を天井に高く向け、にこやかに答えた。

「僕だって、負けないぞ」

稔が拳《こぶし》を突き出すと横から、

「私だって、負けないわ」

母も拳を上げる。

「明日が楽しみだな」

父はにこにこして、食卓の平あじに箸をつけた。

戦時中でもあり、父は忙しい毎日を送っていた。明日の釣りは、久しぶりに子どもと一緒の時間を持てる。

「味が少し変じゃない」

「え！　今日買って来たんだけど、変なら食べないがいいですよ」

いつもと変わらない味だと思うけど、稔は不思議に思った。

「うー」

父が箸をぽとりと落とした。一瞬の間があって、父は落ちた箸を拾い、なんでもないように食事を続けた。

食事が終わると父は、明日があるのでと座敷で床についた。稔は母とラジオを聴いて十時に父の横に布団をしいた。明日のことがあり、稔は父の横で寝ることにしたのだ。稔は父が早々に寝たのを、よほど疲れているのだろうと思った。すでに父は眠っていて変わった様子はない。明日のために早く寝たのかもしれない。稔は目を閉じた。

昭和十九年五月、東の空は明るさを増し始めていた。稔は父の大きな鼾《いびき》で目が覚めた。今日は日曜日、そして海釣りの日でもある。起きたいという思いと、まだ早いからもうひと眠りしたいという思いとが重なっていた。稔は布団の中にもぐり込んだ。

しかし、父の鼾がひどい。こんなことは初めてだ。鼾はとまらない。稔は上半身を起こし、父の様子を見た。父は目を閉じて、天井を向いている。こんな鼾が大きいのは初めてだ。稔は不安になってとび起きた。父の様子が変だ、急いで朝食の準備をしていた母のもとに駆けつけた。

「お父さんが」と稔が言いかけると、母は前掛けで手を拭きながら座敷へと急いだ。座り込んで、

「お父さん、お父さん」

父の肩をゆすって声をかけたが返事がない。母の目に緊張が走った。

「お医者さんば呼んで来て」

母の甲高い声にうながされ、あわてて着替えると稔は家を飛び出した。息をはずませ一目散に走った。医院の玄関の戸を強く叩くと看護婦さんが出て来た。父の様子が変だと伝え、

「早く来てください」

そうお願いした。

稔は、往診を確認すると、またハーハー言いながら、懸命《けんめい》に走って帰った。

家に着くと、父は同じように鼾をかいて寝ていて、母がそのそばで父の手を握っていた。

医者がやって来ると、父の頭の後ろを丁寧に押さえていた。

「おそらく脳梗塞《のうこうそく》でしょう」

そう言って、注射をうたれた。しかし、良くなる気配はない。

青い顔をしたおばあちゃんが武雄おじさんと駆け込んで来た。妹も一緒で、妹が知らせたようだ。

「どげんしたつか」

母の横に座るなり、武雄おじさんは怒った声で言うと、心配そうに父の顔を覗き込んだ。鼾はだんだん小さくなってきた。

（良くなるかもしれん）

稔はほっとするのだった。

鼾は益々小さくなってついに聞こえなくなった。医者は父の手首を取り、脈を診て、まぶたを返していたが、

「ご臨終です」

気のどくそうに頭を深く下げた。

母は父の胸にすがり、周りに人がいるのも忘れ、大声を上げて泣き崩れた。

宏美も声を上げて泣き始めた。

（「臨終」って何なのか）

母も妹も、おばあちゃんや武雄おじさんも涙を流している。

まさか父さんが死んだのか。

れ、いまは、浴衣、もんぺなど、近所の人に頼まれたものをつくっていた。父亡きあと、それで暮らしていけるか、それが心配のようだった。
母は、おばあちゃんや武雄おじさんと何度も相談しているようだった。また、立石の祐子さんとも手紙のやり取りをしているようだった。

戦争ははげしくなっているようであった。子どもたちは集団で登校していたし、三年生以上の児童に疎開を勧めている。稔や宏美の教室でも親類を頼って疎開した児童がいた。六月になると、八幡製鉄所の社宅が、アメリカのB29に爆撃《ばくげき》されたという噂を稔も聞いた。実際は門司、小倉、若松、戸畑や八幡など広範囲に及ぶ北九州への初めての空襲であった。戦争が稔たちに音を立てて迫ってくるようだった。

「小さいけど空き家が見つかった。来る日が分かったら知らせて。掃除ばして待っとる」という知らせが届いた。
母は稔と宏美を座敷に呼び、手紙のことを話した。

「稔、宏美、よく聞いて。私の小さい頃の友だちが、私たちのために借家ば見つけてくれた。立石に三人で移ろうと思う」

さらに「これはおばあさんや武雄おじさんとも相談した。お父さんも喜んでくれると思う」と言う。

「山があって、つくしやわらびが採れる。川もあって魚が取れる。みんなで力を合わせれば、暮らしていけるかもしれん。どう」

稔は、黙っていた。すると宏美が、

「転校すると、少しさびしか」

と、こまった顔で答えた。

「お兄ちゃんがおるけん、大丈夫たい」

母は少し笑顔で言うと、さらに、

「一つ条件があって、家主さんのおじょうさんが体が弱くて、毎日牛乳ば飲まれるげな。その牛乳ば取りに行ってほしいということやけど、稔、してくれん」

と言う。

「ぼく早く起きれんし、学校に遅刻するばい」

稔は、行きたくないと思い、そう答えた
「だったら立石に行けんばい。稔、がんばってくれん」

母はさらに稔に頼んできた。

「そんなら、ここにいた方がいいやん」

稔は、どうしていいか分からなくなってきた。すると、

「宏美が取りに行ってもよかばい」

と、宏美が母のこまった様子を見かねたように言う。

「宏美、ありがとう。いいわ、お母さんが取りに行くから」

これで、話は決まった。稔はなんだかすっきりしなかった。最初から賛成すればいいとも思った。

「ほんとに友だちってありがたい。葬式に来てくれたのが純ちゃんと祐子ちゃんよ。稔、宏美、友だちを大事にしなさい。友だちが困っていたら助けてやりなさい」

母はこんな言葉で三人の話し合いを終えた。

母は農作業をやったり、近所の人から頼まれるもんぺなどをつくって、何とか暮らしていこうと考えていた。

母は初盆が過ぎたらそちらに行くと手紙を出した。


ある日、稔は二階に上がった。ここから見る海を、もう一度よく覚えておこうと思った。窓を開けると、青いさざ波が打ち寄せていた。友だちと相撲を取ったり、泳いだり、貝を探したりした。その友だちと別れねばならない。一抹《いちまつ》の寂しさが稔の頭をよぎった。

稔は欄干《らんかん》に手を置き、しばらく海を見つめていたが、一年生の時に糸島の深江海水浴場に家族で行った時のことを思い出していた。大名町から電車に乗って姪浜《めいのはま》まで行き、そこで筑肥線《ちくひせん》に乗りかえた。稲の青く伸びた水田が広がっていて、そのなかを汽車が白い煙を吐きながら音を立てて進んだ。

深江で降り、しばらく歩くと砂浜に着いた。波打ちぎわがうすい金色に輝きとてもきれいだった。稔と宏美は海水着に着がえ海に入った。はじめ冷たく感じたが、泳ぐほどに気持ちよくなった。父と水の掛け合いをした。父はこっそり来て、海水を頭からかけるので、稔と宏美は作戦を立てた。父をはさみ打ちにして、海水を頭から何回も何回もかけた。父は海の中に座り込み「まいった、まいった」と白旗をあげた。辺りを紅く染めていた夕日が山に落ちかかると、蚊帳《かや》を松林の中につり、月の光をあびながら眠った。

朝、稔が目を覚ますと父がいない。眼をこすりながら浜辺を歩いて行くと、十数人の人たちが網を引いていた。父はそれをじっと見ている。稔が近づくと、

「見てみい、同じ年頃の子どもたちがいっしょうけんめい網ば引いとる。大人と一緒に働いとる。きっと立派な大人になるぞ。人間働くことがとても大事なんだ。稔、何か働いているか？　何もしてないだろう」

「ばあちゃんが勉強すれば、それでいいち言いなったもん」

「学校の勉強だけで、立派な人間になれるかな」

父はひとりごとのように言った。その父はもういない。楽しかった海水浴と共に父の言った言葉が気になりだした。

七月、新聞を読んでいた母が、悲しげな顔をしている。

「どうかしたと」

稔が聞くと、母は小さい声で言った。

「シンガポールが陥落した時、日本中は勝った勝ったと喜んで提灯行列したろ。簞子町でも校区を提灯下げて回ったろ。日本が勝ってるとばかり思っていたら、南の方のサイパン島で戦っていた日本軍が、玉砕したち新聞にのってたのよ。勝ってるとばかり思っとったんに、負けることもあったんばい」

母は寂しそうな顔をした。

七月二十二日、東條英機内閣は退陣し、小磯国昭内閣が成立した。

母の里

父の初盆供養は、葬式の時と違い、おばあちゃんや武雄おじさんが来てくれた小さなものであった。

初盆を終えると、稔は転居の準備を母と始めた。訪ねて来たおばあちゃんが、名《な》残惜《ごり》しそうに言った。

「宏美ちゃん、行ってしまうんかい、寂しかー」

「時々遊びに来るけん。大丈夫」

宏美はおばあちゃんの手を握り、ぶらんぶらんと横に振って笑った。

稔は母と布団を大きな袋に入れ、田舎は蚊《か》が多いので蚊帳も忘れずに入れた。日常使う洗面器、歯ブラシ、タオル、手袋も、布団袋に入れた。母は、大きな荷物は純ちゃん宛《あて》に送るようにした。稔も手伝いリヤカーに乗せて、国鉄博多駅に持って行った。明日はいよいよ母の里へ出発だ。

博多駅で甘木までの切符を買い、鹿児島本線荒尾行きに乗った。人はまばらで席に座ることができた。稔は窓に映る人の行き交う街角、林や、青々と伸びた稲の風景を眺めていた。

基山《きやま》に着くと、甘木線に乗りかえるため汽車を降り階段を上がって行った。陸軍の若い兵士、鳥打帽子をかぶった商人、鉢巻をしたもんぺ姿の女学生が一緒だった。階段を上り、右に進み再び階段を降りると、甘木行きの汽車が待っていた。中に入ると大勢の人たちで混み合っていて、元気のよい声で話がはずんでいた。小さな稔は、ムンムンとした大人の熱気が伝わって汗がにじみ出た。隣に立っていた戦闘帽《せんとうぼう》の若い男が、稔に話しかけた。

「里に帰ってるのか?」

稔がうなずくと、

「ばあちゃんが喜ぶぞ、きっと迎えに来てるぞ」

自分のことのように、顔をほころばせて話し始めた。

「小さい頃お母さんと里帰りしたら、おばあちゃんがたいそう喜んで町のお祭りに連れてってくれたんだ。笛や太鼓が鳴っていて、通り道の両側に店がずらりと並んでいたよ。鬼の面と饅頭、平べったい飴に棒の付いた大きな飴を買ってもらって、なめながら歩き回ったんだよ。君も今晩が楽しみだな」

若者はこんな話もした。

「俺は、将来エンジニアになる。そのため、大刀洗《たちあらい》飛行場技能者養成所に通っているんだ。飛行機の修理をするのが俺の夢でな」

稔に向かって、誇らしげに言った。

しばらく行くと、畑の中に大きな建物が並んでいた。

「これからが大刀洗飛行場だよ」

さっきの若者が教えた。

「乗り場が一〇二メートルもあるんだぞ。長いだろう」

自慢そうに言って降りて行った。長く広い乗り場（ホーム）は、ぞろぞろと歩く人の群れで埋まった。この西太刀洗駅で三分の一ぐらいの人たちが下りた。飛行場の玄関口太刀洗駅で五分の三程の若者が下り、ごっそりと客席があいた。この駅には大きな地下道があり、ぬれて困る材料や製品も運ぶことができるそうだ。稔たちはゆっくりと座れた。窓の外にはひまわりの花が並んで咲いているのが見え、風にゆらいでいた。

大刀洗飛行場は東洋一の飛行場といわれていた。周辺には大刀洗陸軍飛行学校、少年飛行兵を養成する甘木生徒隊も設置され、大刀洗航空機製作所、大刀洗航空廠(工場)、技能者養成所、陸軍病院などがあり、のちに大刀洗北飛行場もつくられ、日本の一大航空基地だった。

甘木駅に降りると、大きな砂利道が東に伸びていた。

「この道路は軍用道路といって、軍が使うために広げられた道なのよ」

母が教えた。その道をまっすぐ東に進むと、昭和通りと名付けられた道路に突き当たった。左に折れると右の方に、母が卒業した女学校が見えてきた。

「昔といっちょん変わっちょらん、なつかしか」

母は顔の汗をふき、しばらく立ち止まって眺めていた。北に進むと十字路があり、右に折れて進むと深い緑色に覆われた大平山《おおひらやま》が見えた。道の両側に青々とした稲が見事に育ち、あたりを緑一色に染めていた。母の育った故郷である。

少し歩くと十字路があり、その右角に煉瓦工場があった。左に折れると大平山の方へ細い道が伸びている。稔が手紙に書かれた家を探していると、

「あそこよ」

母が嬉しそうに指さした。わら屋根の小さな家が遠くに見えた。

「ずいぶん遠かね」

宏美は、細く長い道を見て言った。

「日本晴れだもん。暑かったろ、休憩《きゅうけい》しよう」

母の声に稔はリュックサックを下ろし、シャツのぼたんをはずしタオルで汗を拭いた。道のすぐ横に小さな川が流れていた。稔は小川に降りて顔を洗った。宏美も

川に下りてきた。

「メダカが泳ぎよる。たくさんいる」

宏美は母に向かって教えた。メダカは群れをなし、右、左と泳いでいる。小ブナだろうか川岸の草がある水面から飛び出してきた。

また歩き始めた。すくすく伸びた青い稲に囲まれた道は、歩いても歩いても同じ風景だった。中ほどにT字路があり、その道にも西の方から流れてきた小川があった。二つの小川は合流して少し広く深くなっていた。覗くとここにもメダカやフナが泳いでいた。

「もうすぐやけんがんばろう。家の横ば見てん。この暑いのに真っ赤な花をびっしりつけた木があるよ。木だってがんばっとるけん」

母の声に励まされ稔は先頭きって歩き始めた。その後に宏美が続いた。家に近づくと小川に架かる橋の上で手を振る人たちがいる。母の幼なじみの家族の人たちだった。

「よく来たね。待ってたばい」

稔と宏美を見て純ちゃんが言った。

「ご飯作ってきたばい」

祐子おばさんはふろしき包みを高く見せて笑った。

母は、「稔、宏美、挨拶しなさい」と言って、「男の人は純ちゃん、いや純おじさん、それに祐子おばさん、お葬式で会ったでしょう」と、改めて紹介した。

おばさんの横に男の子が立っていた。

「うちの息子の幸男たい。坂本幸男、四年生、同級生だから、なにか分からん時は聞いてね」

幸男は一歩進むとにっこりして、「仲良くしよう」と手を出した。

「よろしく」

稔は頭を下げて握手した。母は、

「お父さんが戦争にいっていて、幸男君が農家の仕事を手伝っているのよ」

と言った。すると、後ろの方に体の大きい男の子と、少し小柄な女の子の二人が立っているのが見えた。女の子は宏美より少し大きく、瞳が二重まぶた、鼻筋もとおり、笑うとえくぼが見えた。少し影のあるほっそりとした顔立ちだった。こんな田舎にこんな美しい女の子がいたものだ。稔は驚いた。二人はしばらくこちらの様子を見ていたが、しばらくするといなくなった。

この日は、家主さんへのあいさつと、届いていた荷物をあけ、整理することで終わった。

朝、稔が目を覚ますと、外の明るさが部屋の中に入っていた。母の姿がない。牛乳をもらいに行ったのだろう。いつの間にか稔は、また眠りに落ちていた。うとうとして目を覚ますと、母の野菜を切る音がした。

朝食が終わると母は、宏美を連れて立石村堤の部落長さんと、隣組である中組の隣組長さんに、あいさつに出かけた。部屋に取り残された稔は、引っこしてきた心《こころ》細《ぼそ》さに、窓の外をぼんやり眺めていた。赤とんぼがすいすいと通り過ぎて行った。

「ごめんください」

女の子の声がした。稔が急いで家の入り口に出ると、昨日見たきれいな女の子が、桔梗《ききょう》の鉢を持って立っていた。髪がきれいにすかれていた。

「牛乳取りに行ってもらって、ありがとうございます」

「あのう……僕は……」

「お礼に、桔梗の鉢を持ってきました」

「いいんです。僕、暇ですから」

「時々水をやってください」

「美しい花ですね。大事に育てます」

「六年生の兄がいますが、中学校の入学試験の勉強に忙しく、ごめんなさい」

女の子は軽く頭を下げると帰って行った。そうか、牛乳のお礼だとすると、この家の持ち主なんだ。家主さんの娘さんか。稔はどきどきする胸を押さえ、自分が取りに行くべきだったたと後悔《こうかい》した。

母が帰ってくると、稔はすぐにこう告げた。

「お母さん、今夏休みだから僕が牛乳もらいに行くけん」

「どうしたの、あんなに嫌っとったんに」

「いま夏休みだし、学校もないし、大丈夫だよ」

母は不思議そうな顔で、稔を見つめている。

「そう……」

「この桔梗の鉢をもらったと、会ったらお礼言っとって」

（学校が始まっても、僕が牛乳もらいに行くけん）

稔は心の中で誓った。

次の日朝早く、家主さんの玄関横の牛乳入れ箱からサイダーびんを取り出し、稔の住む家の裏の道を東に歩いた。左側に公会堂（今の公民館）があり、さらに進むとT字路に突き当たった。左に折れると十字路があり、そこを右に曲がると道は丸く半円を描き、左に大安寺のお寺があった。その先の高台に長くのびた小屋があり、牛の鳴き声が聞こえる。たどり着くとおじさんが、両手で乳牛の乳房から乳をしぼっていた。乳房の下のバケツの中で、シュッ、シュッ、と音をたてていた。稔の来たことに気づくと、

「牛乳もらいに来たんか」

両手を休めずに言った。稔がうなずくと手を休め、サイダーびんに牛乳を入れ稔の手に渡した。牛乳はほかほかと温かだった。

「朝早くからご苦労さん、牛乳おいしいぞ、飲んでみんか」

おじさんはにこにこして言った。

「僕、元気です。飲まなくて大丈夫です。毎日取りに来ますので、よろしくお願いします」

稔は深く頭を下げた。

「かしこそうだな。疎開して来たのか」

「はい、福岡から来ました」

「感心な子じゃ、がんばってな」

おじさんは、乳をしぼり始めた。

もくもくと空にせり出した真っ白な入道雲が、まだ夏は終わらないと告げていた。暑くて肌から汗がにじみでるような昼さがり、麦わら帽子をかぶり腰に手ぬぐいを

下げた幸男が訪ねて来た。窓から顔を出し、

「泳ぎに行こう」

と声をかけた。

「用意するから待って」

麦わら帽子、水着、手ぬぐいを探した。宏美がつれてってと言うので一緒に行くことにする。家の裏を通る道を歩いて行くと、左手に大安寺のお寺が見えた。そこから左に細い道があり歩いて行くと、草に覆われた長い土手が見えた。

「あそこが奥の池、立石国民学校の子どもが泳いでよか池たい」

幸男が指さして教えた。行ってみると、水がうす茶色の池で数人の子どもたちが泳いでいた。

「ここで泳ぐと」

稔はがっかりした。

「この堤地区には、十の池があるけど、どの池も深くて危ない。それで泳ぐことが禁じられている。昭和池でおぼれた子がいたんよ」

言うが早いか服をぬぎ捨て、ドブンと池に飛び込んだ。なかなか浮かんでこない。稔が水面に目をこらしていると、たれさがった木の葉っぱの中から顔を出して笑った。学校で習った準備体操をし、稔はゆっくりと水の中に入った。浅くて胸のあたりまでしか水はない。平泳ぎで幸男の所に行くと、幸男はまたもぐっていなくなった。首までつかってあたりを眺めていると、幸男は宏美の所に顔を出した。

「この池は浅いから、どこに行っても大丈夫だよ」

宏美に教えている。女の子も来ていて宏美は話に夢中だった。稔は池の端まで泳いだが、海のように体が浮かない。それでもだんだんと慣れてきた。

たっぷり泳いだので、帰ることにした。池から上がってさっき来た細い道を戻っていると、T字路で三人の男の子と会った。そのうちの一人は稔たちが来た日に見た体の大きい男の子だった。

「よう、あの汚い池で泳いで来たんか」

体の大きなまゆの太い、ガキ大将みたいな子が軽蔑したような眼差しで言った。

「学校の決まりですから、教えたんです」

「感心なこった。どうだ、昭和池に泳ぎに来んか」

幸男は黙って下を向いた。三人と別れた後で、

「あの人だれ？」

幸男がていねいな言葉を使っていたので、稔が聞いた。

「六年生の勝治だよ、村一番の金持ちの子でいばってるんだ。お菓子を買ってやったり、アイスキャンデーをやったりするからついてまわる子がいるわけさ」

「もしかして、僕が家を借りとる、家主さんの子」

「そうだよ、二番目に大きいのが五年生の宏、小さいのが四年生の信二だよ」

「桔梗……、いや妹さんとはずいぶん違うごたる」

「誰でもそう言ってる。勝治はお母さん似で、佳奈ちゃんはお父さん似だって」

「ふうん、佳奈ちゃんていうの」

稔は初めて、家主の子どもたちの名前を知った。

「昭和池って、どんな池」

「堤地区で一番大きな池で、五年前学校の子どもが、おぼれて亡くなったんだ。学

校で水泳禁止になってる」

「学校の決まりば、守っとらんと」

「そうだよ、だけど誰も学校に言わないんだ」

「そう」

稔は勝治のことが気になってきた。いやなやつだと思った。母には内緒にしようと思った。幸男と別れると宏美にも、「今日勝治と会ったことは、お母さんには内緒だぞ、絶対に言うな」、そう念を押した。


翌朝、母が立石国民学校へ転校届けに行こうと言った。稔は、開襟《かいきん》シャツに半ズボン、学帽をかぶり黒い靴をはいた。宏美は、花もようのついたシャツにスカート、絵がらのついた帽子をかぶり、かわいいピンクの靴をはいた。

「学校にこんな姿で行ってたんだね。でも今日でおしまい」

母は、目の前に広がる青い稲のじゅうたんを眺めて言った。母は白いワンピースに黒い靴をはき、ネックレスをつけ、つばの広い帽子《ぼうし》をかぶっていた。母が美しく見えた。

稔が三年生の時、「お前の母ちゃんきれいじゃん」と友だちが言った言葉を思い出した。それは笑顔のことだと思う。疎開してきて母の服装は一変した。上は筒袖《つつそで》で着物風の前合わせ、下はもんぺをはき、頭はタオルを巻いて畑に仕事に行った。稔といるといつもやさしい笑顔だった。母の笑顔に合うと苦しいことやきついことが消え去っていくようだった。

「だいぶ遠いけど、大丈夫」

母の言葉に稔は、

「お母さん通ったんでしょう。だったら僕たちも大丈夫。ねえ宏美」

と答えた。家の裏の道を東に進みT字路を右に曲がると、青い稲に囲まれた細い道が長く続いている。甘木から杷木《はき》に通じる往還に近づくと左側にお宮があった。宮前の往還《おうかん》にある十字路をまっすぐ進むと、こんもりとした森が見えた。

「あそこが学校よ」

母が指さした。学校が森になっている。稔は不思議に思いながら進んだ。また十字路があった。

「この道は軍用道路。さあ、学校だ、正門から入ろう」

左に曲がると大きな大理石が両側に立っていた。「朝倉郡立石国民学校」と木の札がかかっていた。中に入ると道の両側に色々な野菜を植えた学級菜園があり、右の方に運動場があった。母は校長室に向かった。校長室の戸をたたくと、

「どうぞ、お入りください」

返事があった。校長先生はすらりとした体つきで、髪が黒々としていた。笑顔で三人を迎えた。

「荻でございます。このたび福岡から、堤に疎開してきました。父を亡くしておりますので、どうぞよろしくお願いいたします」

母は深く頭を下げた。稔と宏美も続いて頭を下げた。

あいさつがすみ、転校手続が終わると、校長先生は夏休みの過ごし方を伝えた。

「全校の児童の宿題に桑の皮をむくようにしています。明治政府が資源の少ない日本で、絹の生産を勧めたのです。農家では養蚕場《ようさんじょう》を造り、畑に蚕の食べる桑の木

をたくさん植えました。今は戦争中で資源がたりません。国は桑の皮をむかせて兵隊の防寒服や紙を造ろうとしているのです。九月一日始業式の日に、担任が児童がむいてきた桑の皮を量って、学級で一番多くむいた子を表彰します。後は夏休みの友、一学期の復習をしてもらえば結構です」

校長先生は口もとに笑みを浮かべて言った。

翌朝、幸男が呼びに来た。外に出ると、泳ぎに行った日に会った三人の男の子も一緒だった。

「ついて来い」

勝治が言った。後ろの方からついて行くと、稔の家裏の十字路を西に向かって少し歩き、右に曲がると右手に高さ一メートル余りの石垣が連なっている。その後ろに、ブドウの木があり、親指ほどの紫色や青色の実がなっていた。勝治は石垣を越えブドウの木によじ登り、紫色の実をもぎとりポケットに入れ始めた。ほかの子もよじ登り、ブドウの実を食べ始めた。

「こらー、泥棒《どろぼう》」

白髪のおじいさんが、大声を上げながら駆けて来た。

「九ちゃんだ！」

勝治や幸男たちは、蜘蛛の子を散らすように逃げて行った。石垣の下で、立ちすくんでいた稔を見つけると、

「どうして逃げないんだ？」

おじいさんは、不思議そうに尋ねた。

「僕《ぼく》、悪いことしとりません。逃げんでいいんでしょう」

稔は白髪のおじいさんが「九ちゃん」と呼ばれるのが不思議な感じだった。

「たしかにそうだな。堤の子じゃないな、転校してきたのか」

「お父さんが亡くなって、母の里に来たのです」

「お母さんが結婚する前、名前は何といってた」

「青木恵美といいます」

「ええ！　じゃあ、おじいさんの名前は、茂《しげる》さんでないか」

「そうです」

九ちゃんは、「そうか、そうか」と言いながらうなずいていた。

「茂さんはわしと同級生じゃ。そうかそうか、お母さんは元気か」

「はい」

「おじいさんは頭がよかったから、飛行学校に行き航空兵になったんだ。ある日、飛行機が私の家の上をぐるぐる回るんだ。見ていたら白い物が、ふわりふわりと落ちてくる。急いで拾って開けると君のおじいさんからだった。めずらしいお菓子が入っていた。元気ならいいな」

「おじいさんは亡くなりました」

稔は、なんだかとても悪い事を言ってしまったように思った。

おじいさんは稔が小さい頃に亡くなっていて、稔は詳しいことは知らなかった。

九ちゃんは、ちょっとびっくりしたような顔をして「そうか、そうか。亡くなったか」と言って、歩き始めた。そして「ご飯を食べていきなさい」と言った。

たしかにもう昼である。稔は空腹を覚えたが、ご馳走《ちそう》になっていいものかどうか、迷っていた。九ちゃんの、いや、九おじいさんの後を付いていくしかなかった。

おばあさんが白いご飯と、ジャガイモの煮付《につ》けを用意してくれた。九おじいさんは、農家でない稔におなかいっぱい食べさせようと思っていた。稔は夢中で食べた。稔の皿はすぐからになった。九おじいさんは、自分の皿のジャガイモを稔の皿に移した。そして、「おいしいか」と聞いた。稔はちょっとはずかしかったが、

「とてもおいしいです」

と答えた。帰る時、九おじいさんは紫のブドウを紙に包んで持たせた。

九おじいさんの家を出て大通りに出ると、逃げ出していた信二と会った。

「ブドウ、もろたんか」

稔はちょっと困ったが、「そうだよ」と答えた。

家に帰って母に話すと、九おじいさんは九次郎さんといい、おじいさんの友達だということを話してくれた。「明日でもお礼を言って農作業の手伝いをしなさい」とも言った。

稔は、勝治や宏、信二たちが九おじいさんのブドウを勝手《かって》に食べたこと、幸男も

勝治が苦手《にがて》なようだと話し、「僕もいやだ」と言うと、母は、

「稔がブドウを食べなかったことはいいことだけど、幸男君は苦手でも勝治君たちと仲良くする努力をしているのよ」と言い、少し厳《きび》しい目をして、

「稔も仲良くする努力をしなければ」と言う。

「ことわざに、郷《ごう》に入らば郷にしたがえと言うよ。田舎に来たんだから、みんながするようにしたらどう。ここの子はわらで作ったぞうりをはいてる。明日、純ちゃんに、わらで作るぞうりを習っておいで。それをはきなさい。そして午後はブドウのお礼に手伝いに行ったらどう」

（今まで、靴をはいて学校の帽子をかぶって行きなさいって、いつも言っていたのにどうして。ぞうりより靴の方が見かけがいいのに。お父さんが亡くなって、お母さん変になったのかな）


翌朝、稔と宏美は涼しいうちに、純おじさんの家にぞうり作りに行った。純おじさんは、年老いた両親と暮らしている。母が頼んでいたのであろう、庭にござがし

いてあり、その上にわらと木槌《きづち》が置いてあった。二人がござの上に腰を下ろしているると純おじさんが出て来て、ござの上のわらを木槌で叩くように言った。石の上でわらを回しながら三十分ほど叩いていると、純おじさんがぞうりの作り方を詳しく教えてくれた。昼すぎにやっと作り上げた。よいできばえではなかったが、はけなくはなかった。

「学校でもぞうりを作ると思うが、その時今日のことが役立つと思うよ」

純おじさんは初めて作った二人を気遣《きづか》って言った。ぞうりからはみ出しているわらの切れ端をハサミできれいに切ってくれた。稔と宏美は純おじさんに礼を言い、自分で作ったぞうりをはいて帰った。

ギラギラする太陽が少しやわらいでくると、稔は九おじいさんの家に向かった。

「きのうは、お馳走ありがとうございました。母がお礼に手伝いしてきなさい、と言ったので来ました」

「じゃあ、餅米をついてくれないか」

家の横にある納屋に案内された。大きな臼がおいてあり、その中に餅米を入れる。

脱穀機のふみ台をふむと杵《きね》が高くあがり、足をはずすとドシンと音がして餅米をくだく。餅米は水洗いしてある。九おじいさんは、餅米粉は団子をつくる材料になると教えてくれた。

しばらくついていると、餅米が細かくなってきた。白い布を広げその上に目の細い金あみを置き、その中にくだいた餅米を入れ両手で振るう。白い粉が下に落ちる。みるみる小さな白い山を作った。金あみの上に残った餅米は、臼の中に入れまたついた。このくりかえしだ。

洗って用意されていた餅米をつきおわった。

九おじいさんは、風呂をわかし、早めの夕飯を用意してくれていた。今日も、ご馳走になり、餅米をすこしもらって帰った。あたりはうす暗くなり、西の山は赤く染まっていた。仕事ができた喜びと疲れが、稔の体のすみずみに暖かく広がった。

あくる日、幸男が訪ねて来た。

「ブドウを取りに行った時、稔が一緒に逃げなかったから、勝治が腹をたてちょる。

お前は関係ないち思ちょるばってん、田舎はそうはいかん。みんなと一緒に動いたがよかばい」

稔は納得できなかったが「うん」と言った。幸男が持ってきた五寸くぎで、庭でじんとり合戦をしていると、そこに勝治が宏と信二を連れてやって来た。

「泳ぎに行くが来んか」

「水着持ってきとらんけ」

「フルチンでいいくさ」

幸男はもじもじしていたが、一緒に行くことになった。稔は手ぬぐい、水着を取りに家にかけこんだ。宏美が、

「つれてって」と頼んだが、

「今日はだめだよ」

やさしく言って外に出た。勝治はおらず、幸男が待っていた。

「何か言うかもしれんが、だまって聞く方がいいぞ。これからもあるからな」

稔はその意味が分かるので、「うん」とだけ返事をした。

奥の池に行った道を通っていくと、この前勝治と会ったT字路に来た。そこを真っ直ぐ進むと、学校が禁止している昭和池に着く。

稔は「昭和池か」といやな思いがしたが、幸男は気にもとめずさっさと歩く。ついて行くしかなかった。曲がりくねった道を通る両側に、青々とした稲が真っ直ぐに伸びている。山がせまってきて今歩いてきた道と分かれ、左の細い山道を登るとコンクリートの水路が見えてきた。その先に広い池が見えた。水が流れる池の出口に、コンクリートの台が取りつけてあり、水があふれないようにする板が、積み重ねてあった。勝治たちは台の上から、昭和池に飛び込んでいた。水から上がって来た勝治は、

「九ちゃんからブドウもらったそうだな。おいしかったか？」

と言った。稔は黙っていた。信二が勝治に報告したに違いない。

「一人だけいい子になるな。田舎ではみんな一緒なんだ。おぼえておけ」

勝治は眉をつり上げ、顔を真っ赤にして大声で怒鳴った。

稔は水着をつけ準備体操をした。

「早くとびこめ」

勝治が叫んだ。稔はゆっくりと水に入り体を水の中に沈めた。浮き上がって平泳ぎをしたが体が重くすいすいとはいかない。

「クロールしてみんか」

勝治が声をかけた。稔はクロールで帰って来た。

「堤では、四年生になると向こう岸まで泳ぐことになっとる。どうだ、やってみるか」

稔がうなずくと、勝治はコンクリート台の横につみかさねてあった、長さ一八〇センチほどの分厚い板を組み合わせ筏《いかだ》をつくった。稔は泳ぎ始めた。海とちがって、体が沈むようだった。平泳ぎで進んだがうまくいかず楽な横泳ぎをはじめた。

「あの泳ぎは何だ」

筏の上で、勝治たちが話している。この泳ぎを知らないらしい。つかれて手足をゆるめると水の中に体が沈み冷たくなったり、浮き上がると生ぬるく感じたりした。恐ろしくなって手足を動かすと、水面に顔が出た。

「泳げなくなったら、上がって来いよ」

幸男が心配して声をかけた。ここで筏に上がればやっぱり都会の子、服装はいいが体力はだめだ。配給飯(非農家は国から米の配給を受けていた)で力が出んとじゃろうと言うだろう。宏美のためにもがんばらねば。手足に力を込めるとまた水面に顔が出る。沈んでは浮き、浮いては沈んだ。青い空が浮かんでは消え、消えては浮かんだ。

その時、昭和池の土手を歩いていたおじさんが、

「おーい、なんばしょっとか。あぶなかじゃなかか」

大声をあげて走って来た。

「早く筏に上がれ」

勝治が顔色を変えて叫んだ。稔は言われた通り筏に手をかけた。宏と信二が、稔の腕を引っぱり上げた。

「昭和池は、学校で禁止されちょるとじゃろが、学校に知らせるぞ。泳げない子に泳がせて、あぶなかじゃなかか」

おじさんは、顔に青すじを立てて怒鳴った。

「福岡から疎開してきた子が、池で泳ぎたいと言いますので連れて来ました。筏を組んでいつでも助ける準備はしていました。ですから、学校には言わないでください」

勝治は優しい言葉で謝った。

「本人が言っても連れて来たらいかんぞ。二度とするな」

おじさんは厳しい顔をして言った。

「はい、分かりました」

勝治と宏は深く頭を下げた。おじさんは山道を降りて行った。

水泳の帰り道、勝治は稔のぞうりに目をとめた。

「だれが作ったか知らんが、見苦しくはなかか。おれの家にりっぱなぞうりがある、もらいに来い、遠慮せんでいいぞ」

「このぞうりはとてもはきぐあいがいいけん、しばらくはいてみます」

「みんなから笑われるぞ、おれん家に取りに来い」

「勝っちゃん、稔と桑ん皮ばむく約束ばしとるけん、ごめん」

と、幸男は稔の手を引いて勝治と別れた。

「勝治はおれに、憎しみば持っとるごたあな」

稔は幸男の後ろをおいかけながらそう言うと、幸男が言った。

「君がまじめで、勝治の言うこつばあんまりきかんじゃろ。いままでだれでもが勝治の言うこつば聞いてたから。それに家ば貸しとろう」


幸男の家に行くと、切ったばかりの桑の木が積み重ねてあった。

「桑の木を切ったばかりの時が、むきやすいんだ」

幸男が教えた。切口に爪を立てて皮をはぐと、うまくむけた。みるみるうちに桑の皮がたまった。

祐子おばさんが、前掛けを外しながら、

「お昼やけん、稔くんも一緒にごはんを食べていきなさい」

と言われた。

銀飯と呼ばれる真っ白なごはんを食べた。昨日、九おじいさんのところで食べ、また今日もごちそうだ。自分ばかりで母や宏美に悪いと思った。また、毎日こんなご飯を食べられる幸男が、うらやましくもあった。

ひと抱えほどの桑の皮を抱えて稔が帰っていると、家の庭の日陰で桑の皮をむいている佳奈と目が合った。

「わあ、沢山むいてきたね。家にもあるからむきにおいでよ」

佳奈が声をかけた。

桑の皮をむくのが、夏休みの宿題になっている。荻家は桑畑をもっていないので、稔は皮をむかせてくれる家をさがさねばならない。佳奈から声がかかった。

やれる時に宿題をしよう、そう今日だと思った。抱えていた桑の皮を家に置きに帰り、急いで佳奈の家に向かった。馬小屋の前に、切ったばかりの青々とした桑の木が積まれていた。佳奈は手を休めずに、

「そっちをむいていいよ」

と言う。すべすべしていて、手ですぐむける。稔は次から次へとむいて、だいぶ

たまった。そこへ佳奈の母の都が来て、

「まあ、桑ん皮ばむいて、手伝ってるの」

と、にこにこしていた。佳奈が言った。

「学校の宿題が出てるけん。稔さんに、桑ん皮むかせていいじゃろう」

「それは勝治の分なのよ、稔君はむいてやってるんでしょう」

稔は、だまっていた。

「それじゃ、稔君、軒下にある桑の木をむいてちょうだい」

都おばさんはきめつける声で言った。稔は軒下の方へ移った。佳奈が追いかけてきて、

「ごめんね、ごめんね」

と気のどくそうに言った。

「むかせてもらうだけで、ありがたかです。心配いらんですけん」

稔は笑いながら答えた。

与えられた桑の木は、切ってきてかなりの時間がたっているのだろう、手ですら

すらとはむけない。きっと勝治がむき忘れたのだろう。稔は、桑の木の根もとを手でにぎり、口で切口からむいていった。全部むき終わるのに時間がかかった。

稔は終わってむいた皮を「これ、もらってよかかいな」と佳奈に向かって言った。

「どうぞ、どうぞ、むけなかったでしょう」

佳奈はむいている手をゆるめて言うと、立ち上がった。

「むかせてもらっただけで、ありがたかです。宿題やけん」

稔は立ち上がった佳奈に向かって頭を下げながらそう言って、桑の皮を持って帰った。

夏休みも終り近くなって、福岡のおばあさんから「稔ちゃん、誕生日おめでとう」と書いた手紙と饅頭《まんじゅう》が入った箱が二つも送ってきた。いつもなら誕生日には寒天を作り、赤飯をたいて祝うのに、ここではその余裕はない。

（おばあちゃんは忘れないでいてくれたのだ。自分のことを祝ってくれる）

稔はおばあさんと過ごした思い出に、しばらくひたった。饅頭箱が二つあるから、

桑の皮をむかせてもらったお礼に、家主さんにあげたらどうだろう。稔が母に相談すると、

「それはいいことやね」

母は優しい眼差しで言った。

稔と宏美は、饅頭を持って佳奈の家に行った。玄関からのぞくと、家の中は静かで佳奈が一人で本を読んでいるのが見えた。

「佳奈ちゃん」

宏美が声をかけた。振り向いた佳奈は、

「いらっしゃい、あがって」

と促した。ごそごそ上がった宏美の後ろから、稔もついて行った。

稔は饅頭の箱を渡すと、佳奈は「ありがとう」と言って「お母さんやお父さんにも見せる」と菓子箱を仏様にあげた。

佳奈は引き出しからお手玉を取り出し、「お手玉で遊ぼうか」と宏美を誘った。

稔は宏美と佳奈がお手玉をするのをぼんやりと見ていた。

しばらく見ていたが、

「川の水が少なくなったけん、魚ば取りにいかん」

そう稔がさそうと、宏美と佳奈は「賛成」と言った。

「外に出るなら、まずお昼を食べてから」

と言うと、佳奈は脚立を持ってきて、天井にかけてあった大きな竹かごをおろした。中には白いフキンに包まれた白いご飯が入っていた。お漬物もあり、佳奈は茶わんと箸を持って来た。佳奈のお昼ご飯を用意していたのだろうと稔は思った。

三人は丸いお膳を囲んで食べ始めた。

ガラッと玄関の戸が開いて勝治が帰って来た。三人を見て、びっくりした勝治は叫んだ。

「おまえたちなんばしよっとか、よその家にあがり込んで」

「饅頭もらったと、あがってもらって遊んでたの」

「よその飯なんか食べて、泥棒《どろぼう》じゃなかか」

「私が食べようと言ったと、泥棒じゃあないわ」

佳奈はそう言うのだが、勝治はそれを無視して、

「飯泥棒！　飯泥棒！」

とはやしたてた。稔が帰ろうとすると勝治は、

「あやまらんとか」

と吐き捨てた。稔はそのまま外に出て、宏美を待ったが出てこない。

（佳奈が食べよう、と言ったんで食べたのにとんでもないやつだ）

そのまま稔は家に帰った。そして勝治のしたことを母に話し勝治を非難した。

しかし、母は、

「相手を見て考えたがいいっちゃない、勝治の家やろう。お腹が一杯とか、用事があるけん帰りますとか言えばよかったとよ。知恵ばださんと」

と笑みを浮かべて言ったが、稔はとても納得できなかった。

それからしばらくして帰って来た宏美にも、稔は一日中腹を立てていた。


次の日、佳奈と宏美がサデ（漁網）とバケツを持って、

「お兄ちゃん、魚取りに行こう」

と声をかけた。昨日のことがあり、稔がふてくされているので宏美が佳奈に相談したようだ。

稔は行きたくなかったが、佳奈が来ている。ショウケ（ざる）とバケツを持って出かけた。ショウケを泥の中にさしこみ泥と一緒にすくい上げると、ドジョウが動き出す。土手にショウケをあげると宏美が、

「じっとしときなさい」

と、ドジョウに言いながら捕まえている。佳奈は草の茂ったところにサデをすけ、足でじゃぶじゃぶ魚を追っている。サデを上げると小さなフナの子やハヤが、ピチピチはねていた。

川のT字路の所に来ると佳奈が、

「石垣の隙間に何か入っていったよ。しっぽがみえた」

と言う。稔が駆け寄り石垣の穴を広げていると、勝治が宏と信二を連れてやって来た。

「何してるんだ」

「この石垣の中に入っていく魚のしっぽが見えたけん、穴を広げとるとです」

「どれどれ、俺が取ってやる。ん、確かにいるぞ」

勝治は、用心しながら手を抜いた。

「うあ！　イモリ」

魚ではなくイモリがいたのだ。

腹を立てた勝治は、イモリを稔の顔に投げつけた。

「嘘つきやがって」

ぷりぷり腹を立て、川から上がって行った。

「ごめんね、ごめんね」

佳奈はハンカチで、気のどくそうに稔の顔をふいた。

「どうもなかです。どうもしとらんですけん」

三人は川から上がり、家路についた。

家に帰ると、みそこしに魚を入れ、塩をふりかけ手で洗った。魚がピチピチはねるのですぐ蓋《ふた》をする。竈《かまど》に火をつけ、なべに水を入れる。長い時間苦しめないように沸騰《ふっとう》させ、その中にみそこしの魚を入れる。塩を少し入れてできあがり。食料が少ないこの時代、貴重な蛋白質《たんぱくしつ》として、川の恵みは本当にありがたい。

母が畑から帰ると、宏美は納得《なっとく》できない顔で告げた。

「勝治がイモリを兄ちゃんの顔に投げつけたんよ。兄ちゃんはね、じっと我慢《がまん》してた」

「お兄ちゃんえらい、我慢したのね。家主さんの子だもん、ここ追い出されたら行くとこないもん。しかたなかもんね」

母はじっと稔を見つめて言った。稔は母が家主さんたちを気づかっていることを知った。夕食の時、母は稔の煮《に》た魚を口にすると、

「稔、うまくできたじゃない」

うれしそうに、おいしそうに食べた。

立石国民学校

九月、二学期が始まった。山のふもと堤《つつみ》地区の中央にある椋《むく》の木が、子どもたち男子の集合場所である。みんながそろうと高等科二年生の背の高い組長が、

「今度福岡から疎開してきた四年生の荻稔君です。仲よくしてください」

と稔を紹介し、「では行くぞ」と、みんなに声をかけた。

立石村には一木《ひとつき》、頓田《とんた》、古賀《こが》、来春《らいは》、柿原《かきはら》、そして堤などの集落がある。各集落ともに男女別、集団での登校となっている。

組長が先頭に立って、一年生から二列にならんで進んだ。後ろの方から小さな声で、「飯泥棒《めしどろぼう》」とささやいているのが聞こえる。

「飯泥棒?」

稔はその声が勝治が言っていることにすぐに気がついた。

その声にくすくす笑っている者がいる。

（おれは飯泥棒じゃないのに）

稔はすぐにでも逃げ出したい気持ちだが、なすすべもなくじっと我慢して、一・三キロの道のりを歩いて行った。学校に着くと、天皇陛下のご真影《しんえい》が納められている奉安殿《ほうあんでん》の前に組長が整列させ、

「気を付け、敬礼《けいれい》」

と号令をかけた。一斉に姿勢を正し右手を挙げ敬礼をする。敬礼が終わると、みんなは教室に向かって駆けて行く。稔は四年生の教室に急いだ。

教室に入ると、窓を開けはなち、手を振ったり久しぶりに会う友だちに挨拶したり、子どもたちはにぎやかに騒いでいた。すると幸男が近づいて来て、

「勝治のことは気にせんでよか」

と言う。しかし、そう言われると、稔はいっそう重い気持ちになった。

担任の北川慎二先生が教室に入ると、黒板にきれいな字で荻稔と書いた。

「今日から君たちと一緒に勉強する荻稔君です。福岡市からこの立石に疎開して来ました。分からないことがあると思うので、みんなで教えてください。級長の早野悟君、みんなを代表して、稔君を迎える言葉はないか」

一番後ろに腰掛けていた、目玉のぎょろりとした、肩幅の広い男の子が立ち上がった。

「この学級は、みんないい子ばかりです。早く仲間に入ってください。そして福岡の話も聞かせてください」

姿勢を正して大きな声で言った。

「荻君、何かないか」

「疎開してきた荻稔です。よろしくお願いします」

そう言うと、稔は深く頭を下げた。

講堂で始業式が終わると、四年男子組は運動場の隅に作った菜園の草取りだった。長い夏休みで、サツマイモ畑に草がはびこっている。その草取りだった。

「サツマイモのつるには白く長い根がくっついている。つるを強く引くとつるが切れてしまうから用心したほうがいいぞ」

幸男が教えてくれた。ていねいにすると友達に遅れてしまう。慣れない稔は友だちについていかねばと、脇見もせずに頑張った。稔は時々幸男のやり方を見てそのまねをした。体から汗がふき出してきた。

次の日は、学校の東一キロほど先に流れる佐田川の砂地に、学校が作った菜園の草取りだった。学校には農具がそろえてあり、各学年男組、女組の使用できる時間割が決められている。稔たちは鍬《くわ》をかつぎ、ショウケを持ち佐田川に向かって行進する。

「軍歌、はじめ」

北川先生が言うと、歌う軍歌は決まっている。

国民学校は初等科が六年、高等科が二年の生徒がいた。高等科二年になると、海軍の「予科練」に志願できる。

この学校からも高等科二年生の藤井君が志願したという。その時、全校生徒が運動場に集められ、指揮台の横に藤井君が立たされた。指揮台に立つ校長先生が、「戦争がはげしくなっています。本校の藤井君が少年飛行兵に志願しました。本校の名誉であります。みなさん、藤井君に続いてください」と訓示を告げると、生徒たちは校門に向かって学年ごとに左右二列に並び、その中を藤井君は帰って行ったという。

それから、全校の生徒たちは行進するたびに「予科練の歌」（若鷲の歌）を歌うようになった。

若い血潮の
予科練の

級長の悟が歌うと全員で、最初から歌い始める。

若い血潮の

予科練の
七つボタンは
桜に錨《いかり》
今日も飛ぶ飛ぶ
霞ケ浦《かすみがうら》にゃ
でっかい希望の
雲が湧く

「声が小さい」

先生の声が飛ぶと、声を張り上げて、歌い直した。

佐田川に着くと、サツマイモ、大根、ニンジンを植えている畑の草取りだった。前に刈り取っていた草が枯れて小さな山をつくっていた。その草に先生が火をつけて燃やす。次に来た時にその灰を、こやしとして野菜の中にまくのだという。

実った作物は、取り入れると、リヤカーを引いて町の人たちに売りに行く。町の人たちも、子どもたちのことだからと、よく買ってくれるという。そのお金は貯金して、軍に送るのだそうだ。

次の日、休み時間になると、悟が稔の所に来て、「どうだ、おれの班に入らないか」と言ってきた。学級は四、五人ずつの班に分かれていた。稔はこの親切な提案を幸男に相談してみた。幸男は、「いいと思うぞ、悟はいいやつだからな」と言う。それを聞くと、稔は悟に、「よろしくお願いします」とていねいに返事した。悟は先生のところに行って、

「稔君を僕の班に入れていいですか」

とたずねた。

「いいぞ」

北川先生がそう言うと、悟はにこにこして帰って来た。

ある日、休み時間になると、悟は稔を校舎の南側にある、ウサギ小屋に連れて行った。

「ウサギに餌をやり、敷藁《しきわら》を替えてやるのが仕事だ。ウサギはオオバコが好きなんだ」

悟は草を取り、ウサギにやった。稔も草をむしってウサギにやった。うれしそうに食べるウサギを見て、稔は飼ってみたくなった。

「学校でウサギを飼うのは、たくさん増やして大きくして、肉屋に売りに行くためなんだ。お金は貯金。たまったお金は兵隊さんに送るんだ」

「ウサギの世話は当番がやることになっている。世話の仕方を覚えてくれ」

悟は目をくりくりさせて教えた。

「小さいうちは、よく死ぬので気をつけてくれ。朝と夕方の二回餌をやるんだ。濡《ぬ》れた葉っぱは食べさせせんがいいけん」

一週間程たった月曜日、ウサギ小屋の前に、子どもが集まってさわいでいる。稔が走って行くと、子ウサギが横たわっていた。皮膚はピンクだ。

「どうして死んだんかな」

「ぬれた草やったんかな」

「帰る時は、元気だったんだぞ」

当番の信二が言った。

「走り回るのをおれは見たぞ」

「イタチにやられたのかな」

「血はついてないぞ」

まわりは騒がしくなった。そこに悟が来た。

「生まれたウサギば持ってきてやるけん、騒ぐな」

みんなは静かになった。

始業時間を知らせる朝の鐘が鳴ると、みんな教室の方へ歩き始めた。稔は悟に聞いた。

「ウサギ飼っとっと」

「うん、たくさんな」

「いつか見せてくれんね」

「今日、来いや」

「本当、うれしか」

授業が終わると、二人連れだって、大きな木が生い茂る林間学園（子どもの遊場）を通って大きな道に出た。この道は新しくできた道で、甘木から杷木《はき》に行く往還から、甘木生徒隊（少年飛行兵の養成学校）に通ずる道で、軍用道路と呼ばれている。畑をけずり、その上に砕いた小石をまいただけの道だが、トラックが行きかい、二本の白い車のあとが続いていた。その道を南に進むと大添橋《おおそえばし》に出た。甘木生徒隊の土塀《どべい》の上に植えられたカラタチの間から中をのぞくと、少年たちが五人ほど並んで横たわっていて、その上を飛びこす練習をしていた。

「何してるの」

「少年飛行兵になるための訓練さ、十五歳になると受験できるんだ。おれあと五年あるんだ」

「その時はおれも受験するよ。貴様とおれは同期の桜だ」

稔と悟は笑いながらT字路を左に曲がり、またT字路を右に向かって歩くと一木神社があった。そこの十字路を、南に少し行った細い道を通ると、庭に縦に重ねられたリンゴ箱が見える家の前にきた。リンゴ箱に金あみが張ってあり、そこに一匹、あるいは二匹のウサギがいた。

「たくさん飼っとっちゃね」

ウサギはよく子どもを産むという。つがいで飼えば子供を増やすことができるという。悟はウサギの育て方をよく知っているようであった。

「ウサギを売ると、お金をもらえるし、毛皮は兵隊さんの防寒帽《ぼうかんぼう》になり、肉は食べ物になる。だから、いいことずくめだろう。学校のウサギも同じようになる。かわいそうだが戦争なのだ。国のためなんだ」

悟の顔を見たウサギは、いっせいに金あみに鼻をすりつけた。

「いまやるから」

悟はかばんをおろし、小屋の中から持ってきた草を、リンゴ箱の金あみを上に開けて入れた。ウサギは夢中になって草を食べ始めた。稔はじっと見ていた。

「おまえ、ウサギ好きみたいだな」

「飼ってみたかあ」

「まず、ウサギを入れる箱ばつくらんと。箱ができたら分けてやるよ」

「ほんと！　ありがとう！」

「ありがとうは、もらった時でいいぞ」

二人は、声を立てて笑った。

稔は帰る途中考えた。ウサギを飼って売ることができれば、少しでも暮らしのたしになる。お母さんに少しでもお金をあげたらきっと喜ぶだろう。お母さんの暮らしが楽になるにちがいない。そこまで考えると稔は駆け出した。純おじさんに箱をお願いしてみよう。

純おじさんは、庭で丸太を割っていた。稔の声に作業をやめ、こちらを見た。手ぬぐいで汗をふいた。

「どうしたんだい」

「リンゴ箱ある」

さっそく尋ねた。どうするのかと聞くから、

「ウサギ飼いたいと」

と言うと、いつも何でもすぐにしてくれる純おじさんが、

「お母さんは知っとるね」

と言う。

「まだ話しとらん」

「お母さんがいいと言ったら、作ってやるよ」

急いで家に帰って、母が帰ってくるのを待った。そして帰って来た母にたずねた。

「悟君が、ウサギくれるって言うけん、飼ってよか」

「毎日、ウサギに草やれる？　やれんちゃないと」

母は稔の顔を見つめてそう言った。

「そんなことなか。ぼくいっしょうけんめいするけん」

「ほんと。姪浜《めいのはま》の愛宕《あたご》神社でのホオズキ祭りに、宏美がホオズキを買うち言ったら、僕も買うち言ったろ。稔は水をかけ忘れるけんだめよって、言うても忘れずに

水ばかけるけんち言うけん、買ってやったら、どうやった、枯らしたやない。ウサギは生きとるとよ、可哀想《かわいそう》やけん、やめなさい」

母はにこやかではあったが、きっぱりと言った。

「こんどはぜったいにさぼらん、草ば取ってきてやるけん」

稔は牛乳を取りに行くことを言われるのではないかと、気になった。数回だが母に代わってもらったことがあったのだ。

「ほんと、約束できる。もし約束破ったら、ウサギが可哀想やけん、幸男君にやるけん、よかね」

母のきびしい目の色にハッとした。今までそんな顔を見たことがない。稔は父のいない母に、甘えることはできない。牛乳もかならずもらいに行こう、母を頼ってはならないと強く思った。

翌日学校が終わると、急いで純おじさんの家に走った。庭に角材や板が出してあったが、純おじさんがいない。家の裏にある畑に回ると、大根の種をまいていた。

「お母さんが、ウサギ飼っていいち言ったよ」

「そうか、よかったな、すぐ仕事が終わるけん、少し待ってくれ」

稔は庭にもどった。縁側《えんがわ》の下に網が張ってあり、その中ににわとりがいて、土の中から何かをついばんで食べていた。稔はにわとりの様子を眺めていた。

しばらくして、純おじさんはやって来た。

「ウサギを増やすなら、大きな箱がいいだろう」

「リンゴ箱くらいの大きさでもいいっちゃけど」

「両方作ろう」

純おじさんは張り切っていた。一メートル真四角で、高さ四十センチの箱に、ふたをつけ金網をはった。もう一つはリンゴ箱に金網をはり、ふたをつけて作り上げた。稔と純おじさんはこの箱をリヤカーにのせ、急いで稔の家に運んだ。

「お母さん！　ウサギ箱、純おじさんに作ってもらったよ」

大声で叫んだ。母がエプロン姿で飛び出して来た。

「純ちゃんごめん。いそがしかとに」

母はお礼を言いながら、

「稔がぜったい育てるち、言うけん許したとです。もしウサギが死んだり、草をやらなかったりしたら、幸ちゃんにゆずる約束ばしとる。その時は、また運んでくださいね」

そう説明した。

「稔君、約束は守ると思いますよ」

「そうあってほしかです。もう四年生ですけん」

母はうたがわしい目で、稔を見た。

稔はぜったいウサギを大きく育て、肉屋に売って、苦労している母にお金をあげようと強く思った。純おじさんと煉瓦をならべ、その上に箱をすえた。

次の日、稔はウサギ箱を作ったことを悟に伝えた。

「今日来いや、つがいをやろう」

稔は、うきうきした気持ちになった。生きた動物を育てるのだ。ウサギが飛びはねする姿を頭に描いた。

放課後になると連れだって学校を出た。軍用道路に出て、大添橋をわたり甘木生徒隊の横を通り悟の家についた。家の東側に幅一メートルほどの川があった。

「六月の初め、この川に大きなカエルが、どこからともなくやってきて、モオー、モオーと鳴くんだ。それでウシガエルと言ってる。大きくて肌はうす黒く、背中にいぼいぼがついていてみにくいが、肉は鳥の肉みたいでとてもおいしい。ウシガエルが鳴きだ出したら取りに来いよ」

「おれ見たことなか、そんな大きなカエルがおると」

「都会にはいないかもしれんが、田舎にはおるんだ」

「ぜひ見たか。食べてみたか」

「今は秋だから、来年の夏だな。とにかく今日は、ウサギのつがいをやろう」

大きな花てぼ（かご）に、オスとメスの二匹を入れてもらった。稔は喜んで家に連れて帰った。

九月中旬、南の海上に台風が発生し、九州の北部に近づいてきた。先生は授業を中断し、

「道草せず、早く家に帰り家の手伝いをしなさい」

と言われ、子どもたちは全員帰ることになった。急いで家に帰ると、母はタライ、バケツ、洗面器、つけもの石、煉瓦を集めていた。

「どうすると」

「台風がきとるけん、雨もりにバケツをすけたり、たたみが風でうきあがらんごつ、重しにするけん。稔も手伝って」

夕方になると、雨や風が強くなり雨もりがしてきた。稔と宏美は、バケツや洗面器を置いて回った。チャポン、チャポンと音がする。床下からの風にあおられて、たたみが浮きあがった。急いでつけもの石やれんがをたたみの上に置いた。かべがゆれ始め、くずれそうになった。

母は、着物をといた布地を張り付ける「張り板」を、かべの太い柱にうちつけた。母は、「幸男君の家に避難しよう」と言う。

「用意して」

その声にうながされて稔と宏美はねまき、手ぬぐい、石けんかご、洗面器を持った。三人は雨のなか、走って幸男の家に向かった。

「よく来たね。早くあがって」

祐子おばさんは、待っていたように、にこにこして言った。幸男が出てきて「やあ」と笑いかけた。幸男の家は大きく、風の音はするがびくともしない。稔はこわさから解放《かいほう》された。風呂をすすめられ、ゆぶねで手足をのばし、ゆったりとした気持ちになった。風呂から上がると、母は祐子おばさんと、話に夢中だった。

あくる日の朝、外に出ると、曇っていたが雨はやんでいた。家主さん方の裏に柿の木がある。昨日の風で柿の実が落ちているだろう。

「柿の実を拾いに行こう」

幸男が言った。稔は勝治から何言われるか分からないと思った。行きたくなかったが、いやとも言えず、ついて行った。

大きな柿の木だった。柿はとがった形をしていた。佳奈が来ていて、かごには数個入っていた。

「柿拾っていい」

幸男が聞いた。

「どうぞ、どうぞ」

佳奈は笑いながら言った。

幸男が三、四個拾うと、稔は、

「もうよかろう、おれ、帰るけん」

と、幸男に小さな声で言って帰り始めた。佳奈が追いかけて来て、

「持って行き」

柿を稔のポケットに押し込んだ。

「ありがとう」

稔は佳奈の目を見て笑顔で言った。それから急いで、その場からはなれた。

十月になると、校内相撲《すもう》大会がある。体育の時間は相撲の練習になった。まず、赤・白に分かれ、一対一、三人抜き、五人抜きと続いた。体の小さい稔は負けてばっかりだった。田舎の子は強いんだ、稔は感心した。

教室に帰る途中、

「配給飯で、力が出んとじゃろう」

「連戦連敗だもんな」

「飯泥棒、だそうだぞ」

「かわいそうだが、しかたがない」

そんな声が聞こえてきた。

相手は小さい声で言ったつもりだろうが、稔にははっきりと聞こえた。農家が少ない福岡では配給飯は普通だったのに、田舎ではそうではない事が残念だった。飯泥棒だって、それは、濡れ衣ではないか。同級生の間まで知れわたっているのか。

勝治はどこまで、このおれをいじめるのか。稔は口びるをかんだ。

だがまてよ、稔の耳に聞こえなかった言葉がある。若松から疎開してきた桑野学君だ。体が大きくどっしりしているが、配給された米で命をつないでいる。稔とまったく同じなのに、だれも配給飯とは言わない。

(なぜなのか)

稔は考え続けた。同じ疎開して来た子どもなのに、同じ人間なのに不公平ではないか。稔は悩んだが、相談《そうだん》できる人がいない。母に言えば心配するだろうし、幸男には言いずらいし、困った。

でも、自分をばかにすることは許せない。考えに考えて、北川先生に相談しようと思った。

「先生、体育の時間のことですが、桑野君とぼくは、同じく疎開してきました。ぼくが負けると、配給飯と笑いますが、桑野君が負けても、そんなことは言いません。なぜでしょうか」

「ううん、それはだな」

先生は、しばらく腕を組んで考えていた。

「桑野君は、みんなと一緒に遊んだり、笑ったりしているだろう。だから、みんなと仲よしなんだ。それにもう一つ、彼はたまには勝っているからだろう」

「ぼくが強くなれば、馬鹿にしないでしょうか」

「そう思うよ、そうだ、悟に稽古つけてもらったらどうだ。頼んであげようか」

「自分で言ってみます。ありがとうございました」

悟は相撲が強かった。

（そうかなあ、強い相手には何も言わないのだろうか。先生が言うのだから、まちがいはないだろうとは思うけど）

稔は悟をさがした。悟は教室の椅子《いす》にこしかけて外を見ていた。いわし雲が空に浮かんでいた。

「悟君、お願いがあるけど、よか」

稔はおそるおそる聞いた。

「なんだい」

悟はちょっと、とまどっていたけど、稔は覚悟を決めて話しだした。

「悟君、相撲強かでしょう。ぼく弱いから、教えてほしいとやけど」

「つよい体を作ることは、国のためになる。教えてもいいが、毎日がんばれるか」

稔は考えた。朝は牛乳をもらいに行く、学校から帰るとウサギの餌の草取り、できるかなと思ったが、配給飯、飯泥棒と言われるよりはましだ。ばかにされるのは、もっといやだ。心に強く決めて「おねがいします」と言った。

「まず、体をきたえることが大事だ。これは三年生の時、相撲が好きだった先生に習ったんだ。まず、しこを踏む、両手を柱に打ちつけるてっぽうをする、すり足をする。そのあと相撲を取る。これが大事だと」

それから毎日、放課後になると、稔と悟は練習を始めた。しこを踏み、てっぽうをする、すり足をする。それから押し合いから始めた。稔が押しても、悟はびくともしない。もう少し力を込めて押せと言う。いきおいをつけて押せとも言った。

幸男が見に来て、悟の代わりをしてくれる時もあった。誰にでも負けるので家のとなりの栴檀《せんだん》の大木にてっぽうをし、家の前でしこを踏み、すり足の練習を重ねた。

一週間ほどして、押し合いで悟の体が少し動いた。

「だいぶ力が出てきた。もう少し強く押してみい。さいしょの一歩が大事だぞ」

稔はうれしくなってもっと強く押した。悟は我慢していたが、左に動き、稔はばったりと手をついた。

「大丈夫か」

悟は稔を抱き起こして言った。

「これは引き落とし。押されてきたら我慢して、左や右にかわせばいい。押す時は、力を込めて腰を落とし最後まで押さないと、引き落としで負けることがある」

そこに桑野学がやって来た。

「相撲大会、もうすぐだな。おれとやってみるか」

学は土俵に上がって来た。悟は強く押せ、と目で言った。両手をついて立ち上がった。稔は習った通りに強く押した。ずるずると桑野の体がすべっていった。学は、土俵に足をかけてこらえていた。稔は押し切れなく腰が伸びてきた。そこを学が稔の胸の辺りを押し返しながら、稔のひざに足をかける。稔はひっくり返るように落ちていった。

悟は、

「これは、外がけという技だ。押す時は、腰を低くして、一直線に押さないと、逆転されるからな」

と学の技を説明した。

「だいぶ強くなったな。負けそうだったよ」

そう言って学は稔の練習の成果を認めた。

稔は引き落としと、そとがけの技を習った。


相撲大会の日が来た。悟が言った。

「力ば込めて、押して押して押しまくれ」

はじめは赤、白一対一の勝負だった。稔は言われたとおり力をこめて一直線に押していった。すると相手を押し出していた。北川先生が稔を笑顔で見て、軍配をあげた。

(我慢して練習すれば、できないことができる)

稔はうれしかった。三人ぬきでは、二人までぬいたが三人目でやぶれた。稔が家に帰ると宏美が母に報告した。

「お兄ちゃん、相撲で勝ったとよ。強かったと」

「そうね、稔、おめでとう。お兄ちゃん、相撲の練習ばしよったもんね」

母は目を細め、とてもうれしそうな顔だった。母は、ぼくの練習を知っていたのだ。稔は苦しい練習をしたけれど、つかれが溶けていくようだった。

もっと強くなりたい。放課後、稔は、土俵での練習を続けた。ますます力が入った。汗びっしょりになり、練習が終わった。井戸ばたに行き、ポンプを勢いよくついて、出てくる水で顔を洗っていると、水がひとりでにどんどん出てきた。びっくりして顔を上げると、目の大きな、背が高くて、スカートをはいた女の子がポンプをついていた。おどろいた稔は、礼も言わず、教室に逃げかえった。教室には誰もいないので、幸男の家に息せききって走った。会うなり聞いた。

「今日、きれいな女ん子に会った。背が高くて目が大きくて、スカートばはいとった。幸しゃん知らん」

「福岡から転校して来た子やろ、たしか圭子と聞いたような気がする」

「おれ、少しも知らんかった」

「この前、勝治も同じようなことを聞いてきたぞ」

学校では、圭子を一目見ようと、圭子の教室まで押し掛けていく男子がいるということだった。勝治もそのなかの一人だろう。何も起こらねばよいがと、稔は思った。

稔が家に帰ると、炊事場《すいじば》の方から、甘い香りがただよってきた。近づくと、母がなべの中の茶色の餡《あん》の中に、白く丸めたおにぎりを入れている。宏美がそれをじっと見ている。

「なんばしよっと」

稔が聞くと、宏美がうれしそうに答えた。

「おはぎ作りょうと」

「隣組の人から、小豆もろうたけん、作りょうと。皿ば持ってきんしゃい」

稔と宏美が、皿を持って母の前に立った。母はなべの中の餡をたっぷりつけて、二人の皿に入れた。

「よかにおい、食べてよか」

「よかよ」

母は手を休めずに言った。稔が口に入れると、甘さが口中に広がった。

「うまか。どげんしたと」

「隣組のおばさんから、餅米ばもらったと、それで作ったと」

「あずきも、もらったと」

「そうよ、親切なおばさんのおんしゃった」

とてもおいしかったけど、餅米やあずきを、何もしなくてくれるのかな。稔は気になりだした。

近ごろ母はクワとショウケを持って仕事に行っている。学校帰りに畑に行っても、母の姿がない。どこに行っているのだろう。宏美に聞いても分からない。

「お母さん、クワとショウケば持って、どこに行きよっと」

「国が、大刀洗飛行場の北側に、滑走路《かっそうろ》ばつくりょうと。甘木川の砂がいるとよ。馬車がたくさん来とって、その馬車に砂ば運ぶったい。家がいそがしかったり、体の悪い人は行けんやろ。私が代わって行きよっと」

「毎日やろう。無理せんがよかばい。体こわしたら、おおごとばい」

「お母さん若いけん、仕事してもぴんぴんたい」

「おばさんの代わりに仕事に行った。それで、もらったつじゃろう」

母はだまっていた。それにちがいない。何もしないのにだいじな食べ物をやるはずがない。稔は、いつも働きに行く母の体のことが気になりだした。

深緑の山々の上に白い雲がはっきりと浮かんでいる。田の畦道にコスモスの赤や白の花が風に揺れている。すくすくと伸びた稲が小さな実をつけている。

（いよいよ秋だな）


稔が学校から帰り、母が昼ご飯の用意をしていると、純おじさんが来た。

「小魚を友達が持ってきてくれた。小さい魚ばかりで、てんぷらにしてきたよ」

純おじさんは稔に破子《わりご》（木でできた弁当箱）を見せた。開けてみるとたくさんの小さな魚のてんぷらが入っていた。

「こまかてんぷらやね」

「こまかけどおいしいよ、食べてごらん」

稔が食べると、骨があるが、久しぶりの魚の味だ。

「おいしい、魚のてんぷらはひさしぶり」

稔は破子に箸を伸ばし続けた。

「てんぷらだから、たくさん食べると、体に悪いかもしれんばい」

純おじさんは心配そうに言った。稔が母の顔をみたら笑っていた。食べていいよと言っているみたいで稔はまた食べ始めた。

その夜、便所に行くと、下痢を始めた。

朝になっても下痢は止まらず、学校に行くのが心配になってきた。

「僕、学校休みたい」

「いいよ、お兄ちゃん、下痢して学校休みますって、先生に言うとくから」

宏美は笑いながら言った。

稔は顔を赤くした。

「宏美ちゃん、本当のこと言ったら、稔、困るんじゃない。お腹が痛くて休みますと言ったらどう」

「そうね、お兄ちゃんのためにそう言うわ」

宏美がそう言ったので、稔はほっとした。

母はおかゆを作ってくれた。白い汁の中に米粒がすこし浮かんでいた。横に梅干しとお茶が添えてあった。

「正露丸を一粒飲んでごらん」

稔は「ご飯、これぽっち」と言おうとしてやめた。純おじさんは下痢をするのであまり食べないがいいと言ったんだ。母は稔がおいしそうに食べるので、止めなさいと言えず笑っていたのだ。

「仕事に行かねばならないけど、一人で大丈夫」

心配そうに稔の顔を見た。

「四年生だもん。大丈夫だよ」

母は心配そうな顔をしたけれど、

「仕事があるので行ってくる。昼休みには帰ってくるから」

と、手ぬぐいで頭を姉さんかぶりにすると、クワとショウケを持って仕事に行った。部屋はしんとして物音一つしない。稔は自然と母のことを考え始めた。

七夕様の竹を切りに行った時、僕が手を切って血が出てきた。周りのフツ（よもぎ）を取り、唾液とこすり合わせて青い汁をつくり、血の出ている所に青い汁のフツを押さえさせ、ハンカチで縛《しば》ってくれた。宏美がお茶をいれたいと準備をしていた時、茶碗が倒れてやけどした。すぐに水道の水で冷やし痛みをなくしてくれた。小さい時、おなかが痛いと言ったら、下腹をもんでもらって便所に行ったらよくなった。病気のことは何でも知っている。わが家のお医者さんだ。お母さんを大事にしよう。お母さんが優しい笑顔をたくさんできるようにしよう。

いつの間にか、稔は深い眠りに落ちていた。

「お腹、どげん」

母は顔をのぞき込んで言った。昼になったので帰って来てくれたのだ。

「よくなったみたい。下痢は治ったよ」

「それはよかった。てんぷらは食べ過ぎると下痢をするから」

お医者さんみたいに言った。

夕方、幸男が来てくれた。

「病気どげんね」

心配そうにたずねた。

「てんぷらを食べ過ぎておなかを壊したっちゃ」

「明日は学校来れると」

「大丈夫、行くよ」

稔がそう言うと、幸男は教科書を取り出し、国語と算数の宿題を教えてくれた。


学校へ行く道の両側で稲刈《いねか》りが始まった。学校では農家の子は自分の家を手伝い、田んぼがない子は他の農家に手伝いに行くよう児童たちに指導していた。

土曜日、学校から帰って、稔と宏美は九おじいさんの田に行った。母が手伝いに行っているからだ。ちょうど食事どきで、輪になっておにぎりを食べていた。

「こっちに来て、一緒に食べなさい」

おばあさんに言われ輪の中に入った。味のついたおにぎりを口に入れると、おいしさが口中に広がった。

みるみるうちに、お盆の中のおにぎりがなくなった。

「こんなにスッキリ食べてもらうと、にぎっててうれしいよ」

おばあさんはにこにこしていた。九おじいさんは立ち上がって、稲穂《いなほ》をにぎって手でさわっていたが、

「今年は、実の入りが多いようだ」

と、うれしそうだった。

「稔君、見てごらん。夏には真っ直ぐに伸びていた稲が、今は重たそうに垂れている。栄養を根からたくさん吸い取って、かたい実になったんだ。人間だって、勉強していけば、頭の中がいっぱいになって、しぜんと頭が下がるんだ。そんな人が立派な人なんだ」

「しぜんと頭が下がるってあるん」

「人間には言葉がある。人間ができてくると、しぜんと言葉がやさしくなり、頭が下がるようになるんだ。実るほど頭《こうべ》を垂れる稲穂かな、という有名な言葉があるんだ。稔君の稔は、この言葉から、りっぱな人になるように、つけられたんじゃない

かな」

「それは分からんです」

稔はそう答えたが、稲穂のように頭の中をいっぱいにして、誰にも親切にし頭を下げることができる人になれればいいなと思った。

「腹いっぱいになったら、働かなくちゃぁ」

母の声にみんな立ち上がった。

「大人は四株、稔は、男の子でもう四年生なので四株、宏美は二株でどう」

決められた株数を一束とし刈り取って進んだ。腰をかがめて稲をつかみカマで刈っていく。五回ほど切るともう腰が痛くなってきた。みんながんばっているのだと思い、今度はひざをまげ刈っていく。はしまで行くと最初の所にもどり、次の列をまた刈り始めた。夕やみがあたりを包み始めると、道具を集め帰る準備をした。

稔は九おじいさんに、

「ぼく、風呂わかしとくけん、帰ります」

そう言うと駆け出していた。

日曜日、朝から手伝いに行った。前の日に刈った稲をたばねる仕事だった。やりかたを九おじいさんに習って始めた。初めは難しかったが、なれると早くなり、午前中で終わった。

午後は足踏み脱穀機《だっこくき》で、稲の実をおとす仕事だった。九おじいさんとおばあさんが、並んで稲束《いねたば》を脱穀機の中に入れた。稔が稲束を持って行くたびに、九おじいさんは、

「ありがとう、ありがとう」

と言う。そう言われると稔はうれしくなり、元気が出た。宏美は、おばあさんの方に持って行った。稔はおばあさんの方にも、時々持って行った。母は脱穀された稲の束を十個ずつ集めて、縄でむすんでいた。

稲の取り入れの終わりが近くなると、北川先生が、

「若者は戦争に行き、農家の仕事をする人がたりません。食べるものも不足して

います。家に帰ったら、落ち穂拾いをして、少しでも食べものを増やしてください」

そう訓示した。

家でも配給される米が少なく、サツマイモをまぜたごはんや、大根をまぜたごはんで腹をみたしている。サツマイモの芽をみそ汁の中に入れたり、茎を煮て、おかずにして食べている。勝治の家の田で落ち穂を拾ったら、泥棒と言われるかもしれない。でも、先生が勧めるのだから、勝治が文句を言えるはずはない。

次の日曜日、稔と宏美は母に作ってもらった二つのふくろを肩の左右にかけて落ち穂拾いに向かった。左のふくろには落ち穂を、右の袋には手ぼうきで集めた籾《もみ》をいれた。堤地区の東の方から始める。まだ人の姿はなかったが、昼近くなるとちらほら人の姿があった。稔と宏美は、ふくろが重くなって家に帰った。

昼ごはんを食べ、西の方に拾いに行った。あまり人の姿はなかった。歩くだけの仕事のように思った。宏美がもうくたぶれた、と座り込んだ。稔も座り込んだが、苦労している母を思うと、頑張らなくてはならない。

「おれ拾ってくるけん、元気が出たら来い」

立ち上がると、宏美もついて来た。稔と宏美は夕ぐれまで拾い続けた。腰を伸ばして、西の山を見ると、夕焼け空を雁の群れがゆっくりと羽ばたき、山の方へ飛んで行った。

拾った籾は水で洗い、平らなざるに入れてほした。稲穂は籾をしごいて、一升びんに入れ棒でつついた。はじめはおもしろくてやっていたが、だんだん飽きてきて長くは辛抱できなかった。

九おじいさんは溜池である大池の責任者になっている。この池は台形の形をしていて、たての長さは百メートルほどある。東がわに道があり、上底のところに、たて三カ所、陸軍の射撃場《しやげきじよう》がある。下底の土手から鉄砲をうつ。音が聞こえる時は、近づけないようになっている。幸男と稔は射撃場を見に行った。あたり一面に弾がわれ、そこから鉛がとび出し、ちらばっていた。その鉛をひろって持って帰り、かんづめの空きかんに入れる。あたためると鉛はとける。ナイフをかたどった鋳型《いがた》に、とけた鉛を入れるとナイフの形ができる。それを砥石で磨き、刀らしくして鞘をつくり持ち歩いた。

稲刈りが終わると、田んぼに水を入れる池の役目は終わる。池を干し、翌年のために、池をきれいにする。池の魚をとる日がきめられた。九おじいさんは、大池の水が流れてくる土管の根元に、女竹《めたけ》をあんだ棚をつくってくれた。

「魚が出てくるので、つかまえてバケツに入れなさい。半分やるからしてごらん」

うれしい。稔と宏美は魚がとびはねする姿を頭に描いた。

昼すぎ、バケツひとつ持って、九おじいさんの家に行った。そこでもうひとつ、バケツを借りて大池に行って見ると、池の水がずいぶん少なくなっていた。土手のまわりにはサデやショウケ、バケツを持った人で溢れていた。水の出口に行ってみると棚ががんじょうに作られていた。魚が棚の上でとびはねて川に落ちていた。二人は棚の上で、魚を取るのに夢中だった。二つのバケツに半分ほどたまった時だった。

「おお、だいぶ取ったな」

ふいに声がして、振り向くと勝治だった。嫌な予感が稔をおそった。バケツの中

に手を入れさわっていたが、大きな魚の入ったバケツを、

「こっちを貰うぞ」

そう言って、持ち上げようとした。

「待ってください。九おじいさんに頼まれとるけん、聞かんと」

「よか、心配するな。勝治が持って行ったと言えばよかから」

勝治が、魚の入ったバケツを持って行ったことを九おじいさんに話すと、九おじいさんは頭をかきながら、

「あきれたな、親父は立派な男だが、母親の都に似たんかなあ」

九おじいさんは、溜息をついた。


稔と宏美が、九おじいさんに分けてもらったバケツの魚を持って家に着くと、福岡の武雄おじさんが来ていた。二人に少年雑誌、少女雑誌を買ってくれていて、家には牛肉が手にはいった、と持って来ていた。池がほされた話をすると、

「そうか、今ごろかくれとった鯉が出てきとるばい。取りに行こう」

とせきたてた。武雄おじさんと稔は、サデとバケツを持って池に急いだ。あたりは人かげもなく、うす暗くなっていた。武雄おじさんは土手から池の中へおりて行った。水の中をのぞきこんでいたが、

「おお、鯉がおるぞ」

小さな声で言うと、ざくりとサデですくった。サデの中で鯉が飛び跳ねた。

「どうだい、いたろう。鯉の洗いば作ってやるからな」

自慢めいた声だった。稔と武雄おじさんは急いで家に帰った。母が、

「お酒、もらってきい」

協同組合に配給の酒を取っておいてと頼んだから、と言う。

稔は一キロほど離れた協同組合の購買所に酒を取りに行った。協同組合の壁に「ほしがりません　勝つまでは」というポスターがはってあった。「ほしがりません」と言うたって、食べ物だけは別だよね。食べ物で苦しむ稔は思った。

稔が帰って来ると、飯台の上に、鯉の洗いと鯉こくがのっていた。武雄おじさんは、ここでの生活の様子や、暮らしについて聞いた。祖母が生活費を送ってもいい、

と言っているのだが、と言う。

母は、畑を借りて野菜を作っていることや、他の家の農作業を手伝いに行っていること、なにより稔と宏美が頑張ってくれるので、暮らしていけますと言った。

稔は、自分が頑張っていることを、母が認めてくれたことがうれしかった。武雄おじさんは、

「時どき遊びに来んしゃい。おばあちゃんが寂しがっとる。稔君、ゆくゆくは六年生、中学進学やね。中学校といえば修猷館中学校ばい。稔君は頭がいいし、私の家から通ったらどげん。未来が広がるち思うばい。おばあちゃんもそう願っとる。稔君、どげん」

と酒によった赤ら顔で言った。

稔は、複雑だった。

「戻りたかち思う。ばってん」

そう言って黙り込んだ。

立石村に来てまだ少しだ。幸男や悟など友達もできてきている。でも、「田舎は

めんどくさい」と思う。母は家主さんには気をつかっている。稔もそうだ、勝治のこともめんどうだと思っている。

「でも、修猷館は試験が難しか学校やから、通るか分からんです」

と言うのが精いっぱいであった。

武雄おじさんは、にこやかに笑いながら、

「きっと通る、通れるよ」

そう言いながら杯を重ねた。


十月二十日から二十五日にかけてのフィリピン・レイテ沖海戦に、初めて特別攻撃隊が編成され、敵航空母艦に体当たり攻撃を行ない成果を上げたと新聞にのった。若者たちは命をかけて、国を守ろうとしていた。

ある日の夕方、純おじさんが、うすだいだい色の紙を持って来た。母の姿を見ると紙切れを見せた。

「私も兵隊に行くことになりました」

「純ちゃんに、赤紙が来たとね」

母は突然のことで驚いていた。母は、すでに四十歳を超えている純おじさんには召集令状はこないと思っていた。しかし、昭和十八年に徴兵制がかわり、四十五歳までの男子に徴兵が拡大されていたのだ。

兵隊に行くのは誇《ほこ》らしいことと言われていた。こんな時は「おめでとうございます」と言うのだろう。が、出てきたのは、「困ったばい」という言葉だった。

純おじさんは、

「恵美ちゃん、心配せんでよか。祐子に頼んどるけん、大丈夫ばい」

と言うが、母はうつむき、暗い顔になった。今まで仕事の世話やら畑のこと、なにかあると世話になっていた、それがいなくなるなんて。

「畑のこつは、今まで通りにするけん。心配せんでいいよ」

「いつ出発すると」

「四日後だよ」

「まあ」

母はそんなに早く、とつぶやいた。立石村に来てからは、稔や宏美の父代わりでもあった。いろいろ準備があるだろう。祐子おばさんに相談して、千人針を作ることにしようとした。母はすぐに白い布を持って、祐子おばさんの所に行った。

「祐子ちゃん、私は隣組ば回って、千人針ば作ってくるけん」

それだけ言うと、母は近所に行った。

千人針は、白い布に女性千人で一針ずつ縫い目を並べ、兵士の無事な生還を祈るものだ。千人は……、今からでは余りにも時間がない。

寅年生まれの女性は自分の年齢だけ結び目を作る事ができる。虎が「千里を行き、千里を帰る」との言い伝えがあるからだ。寅年の女性をさがそう。五銭硬貨、十銭硬貨も縫いこもう。「五銭」は「死線《しせん》（四銭）」を越え、「十銭」は「苦戦《くせん》（九銭）」を越えるという。

純おじさんは、稔を呼んで、

「おれがおらんごつなったら、君が、お母さんと宏美ちゃんを助けてやらんばならんぞ。君は跡取り息子やし、男やからな。特にお母さんば、悲しませるな」

と真剣《しんけん》な眼差しで言った。

稔はとまどっていた。

（戦争には勝たなくてはいけない。誰かが戦争にいくしかない。でも……）

父もいなくなり、母もすっかり頼りにしている純おじさんまでいなくなると、どうなるのだろう。

帰って来た母は、

「純ちゃんはもう四十をこえとるのに。兵隊に呼ぶなんて、戦争はどうなっているのか分からんばい」

と顔を曇らせ、寂しそうにつぶやいた。聞くところによると、久留米第五十六師団への入隊だった。四日はまたたく間に過ぎた。母は隣組だけでなくあちこちに行って千人針を完成させた。

純おじさんが入隊する日になると、両親、それに祐子おばさんや幸男、隣組の人たち、稔たち三人も見送りに行く。はじめに宝満宮に参る。山のふもとの道を東に進むと、左手に長い石段があった。一段一段登って行くと境内についた。手水舎《ちょうずや》で口をすすぎ、手を洗って拝殿の前に立った。柏手を打ち両手を合わせ、稔は純おじさんが元気に戦って、そして無事帰ってくるよう祈った。

それから国鉄甘木駅に向かった。稔たちは話すこともなく、黙ってついて行った。

立石村堤の部落長さんが「名誉の出征です。どうか立派に戦ってきてください」

というようなことを、みんなの前で言った。

純おじさんが、

「みなさん、ありがとうございます。立派に戦ってきます」

と挨拶した。

中組の隣組長さんが、

「純一郎君、ばんざい」

と叫んだ。みんなは「ばんざい」と唱和した。

甘木駅の改札口に入る時、母は純おじさんの手を両手でにぎり、

「きっと、帰って来てください」

目に涙を浮かべて言った。

汽車が動き始めると、みんな手を振った。また「ばんざい、ばんざい」と言う人もいた。

純おじさんは、窓から身を乗り出し手を振り、大声で何か叫んでいた。汽車は大きく右にまがって見えなくなった。

駅からの帰りはみんな無口だった。稔は、幸男に何か言おうと思ったが、幸男は口をきつくしめ、前を向いてただ歩いていた。幸男は父親の出征の時を思い出しているようだった。そんな幸男を見ていると稔はなにも言えなかった。

家に帰ると母は「さびしくなるね」とだけ言った。

稔も宏美も同じだった。

朝の味噌汁に、新芽の野菜が入っていた。

「お母さん、これ何の新芽」

「サツマイモの芽ばい、純ちゃんが教えてくれたとよ。茎も煮てるけん、食べてん」

（純おじさんは、僕の言うことは何でもしてくれた。第一、純おじさんの家は残された両親だけでやっていけるのか。そして僕たちの家も……）

「稔、なんば考えとると」

母の声に、

「学校のこつば考えとった」

と言った。純おじさんは戦争に行ったんだ。考えても仕方がないと思った。


数日後、稔が学校から帰ると、母が青い顔をしてふとんの中にいた。

「どげんしたと、お腹いたかと」

「どうも元気がでらんとよ」

弱々しい声だ。元気な母がどうして、稔はおどろいて言った。

「お医者に行ったらどげん。早くよくなさんと」

「しばらく、もようばみてみるけん」

（母はお金がないのだろう。ウサギを売って、早く母にお金をあげよう）

しばらくすると、母が「こんな時はシジミを食べるといいのだけど」とそばにいる宏美に言った。

それを聞いた稔は、

「シジミ取りに行くぞ」

と宏美に言って、ショウケとバケツを持って外に出た。

マシジミという種類のシジミが取れることは、純おじさんから聞いていた。宏美がなかなか出てこない。稔は一人で小川へと急いだ。浅瀬の水の中に足を入れ、ショウケにどろをすくって入れる。ショウケのなかから泥をよけ、シジミをさがしバケツに入れる。これをなんども繰り返した。冷たさが足からはいあがる。

母の病気をなおしたい、その一心が、寒さを我慢させた。水の中に手足を入れ、シジミを取った。ショウケですくい、どろを落としてシジミを拾った。少しずつ小川をくだって、シジミがバケツにたまった。

水からあがり、家に急いだ。

家に帰ると宏美は、母と笑いながら話していた。寒いのに僕は、小川に入ってシジミを取っているのに、無性にはらが立った。しかし兄だからとぐっと我慢した。シジミを洗い、なべに水を入れ、その中にシジミを入れて火をつけた。なべがぐつぐつ音を立てると、火をとめた。しばらく冷やし、お椀に汁をついで母に出した。

「寒かったろう。おいしかあ。稔、ありがとう」

母は顔をくしゃくしゃにして、とてもうれしそうだった。

「もういっぱい、どげん」

稔が言うと、そうねとお椀を出した。

「こんどは、私がついでくる」

宏美は、にこにこして、母からお椀を受け取った。

「二人のおかげで、ようなりそう」

母に笑顔がもどった。稔はさめたシジミの汁を、サイダーびんに入れ、寝ている母が何時でも飲めるように、枕もとに置いた。

次の日、母は朝早く起き、食事の用意をしていた。稔も起き出して、

「体、だいじょぶ」

とたずねると、

「よくなったみたい。稔のおかげばい」

母は明るい声で言った。

「じゃあ、牛乳もらってくるけん」

稔は外に出た。道路のそばの、サザンカの赤い花が、寒さの中に咲き乱れていた。


新しい年が来た。若水（正月に使う最初の水）をくむのは男の仕事、母から言われていた。稔は母より早く起き、ポンプから水をくんだ。その水で母は雑煮を作った。前の日作っていた屠蘇《とそ》をいただきながら、

「今年も、よろしくお願いします」

三人でそう挨拶し、雑煮を食べた。純おじさんの家で、幸男や稔たちがついた餅だ、やわらかくておいしい。

食べ終わって、三人で宝満宮に初詣に行った。純おじさんが、兵隊にいく時に参ったお宮だ。手水舎で手を洗い口をすすぎ、拝殿に向かった。柏手を打って神に

お願いした。

（去年は堤に移ってきて、学校も変わったし、なにも分からず大変だった。幸男や悟という友達もできた。色々なことがあった。相撲をとったり、ウサギを飼うこと、農作業の手伝い、魚やシジミを取ったり、自分なりに頑張ってきた。今年も何かあるかもしれないが、母を悲しめないようにしよう）


三学期になると、麦踏みが始まる。冷たい北風がピューピュー吹く。稔は九おじいさんの家に行った。九おじいさんは元気で、

「若いもんに、まけられん」

と、ほおかぶりをして、おばあさんをつれて畑に出た。麦は四センチほどのびていた。

「小さな麦ば踏むって、かわいそうじゃなかですか」

稔がそう言うと、九おじいさんは、

「麦を踏むと根がじょうぶになり、たくさんの芽が出て、実が多くとれるんだよ」

そう言って腕を後ろに組んで踏んで行く。おばあさんも横で同じようにしていた。稔は、麦がかわいそうに思ったが、九おじいさんをまねていった。

宝満山からふきおろす、冷たい風がうなりをあげていた日だった。九おじいさんが亡くなったという話を聞いた。稔は学校から帰って、母とお悔やみに行った。おばあさんは、目に涙を浮かべていた。

「きのうまで元気で、どうもなかったのに。昼ご飯を食べたくないというので、熱をはかったら、三十七度でした。病院に連れて行ったら、熱が高くないので、様子をみましょう、と言われたのです。家に帰って寝ていたのですが、夜おそく息をしなくなりました。病気が軽かったので、油断《ゆだん》しました。肺炎とのことでした」

明日が葬式。稔は何かできないかと思った。

おじいさんの友達だという九おじいさん、勝治たちとブドウを取りに行ったとき叱らずにいてくれ、ブドウをもらった。お昼ご飯をたべさせてもらった。餅米つきもした。母と一緒に手伝いにも行った。風呂もわかした。

葬式の日は、隣組の人たちが集まっていた。母や宏美と来ていた稔は、男の人たちが墓を掘りに行くと聞くと手伝おうと思った。力がないから役に立つだろうかとも思ったが、九おじいさんのために何かやりたかった。

「おお、ぼうず、手伝いに来たか」

もう四、五人の人が掘っていた。

稔は力を込めて掘った。土にさしたスコップの両端にとびのってゆらす。

墓の用意ができた。

午後、葬式が始まった。長いお経が終わると、お棺《かん》をリヤカーにのせ、家の前で三回まわって、いつも使っていた茶碗をわって墓所に向かった。稔は稲の束の先に火をつけ、煙を出しながら先頭を歩いた。穴の中にお棺をおろすと、みんなで土をかけ、墓標をたて、手を合わせて拝んだ。「九おじいさん、ありがとうございました」と心から祈った。

おばあさんの親戚の人が、九おじいさんの家に入られるという。

臘梅《ろうばい》の黄色い花から、早春の香りがただよっていた。稔は春がそこまで来ていると感じていた。寒い冬が去って行くのだ。花を眺め、牛乳をもらいに足を速めた。二月十一日は神武天皇が即位された紀元節。学校で校長先生の話を聞き、紅白まんじゅうをもらって家に帰る。この日は学校の勉強はない。

稔は、悟とウサギを売りに行く約束をしていた。ウサギは子供をたくさん産んでいた。

甘木の須賀《すが》神社で待ち合わせた。須賀神社は甘木の大きな神社だ。大きな樟の木が待ち合わせの場所だった。二人は大きな鳥居を通り抜け、バス通りにそって南に百メートル程歩くと、右手に肉屋があった。悟は知り合いらしく会釈すると、

「ウサギを持って来ました」

と言う。

「今日は何匹だ」

おじさんが悟に聞いた。

「僕が四匹、彼は二匹です」

「そうか、国のためにがんばっているんだな。感心なことだ」

ウサギを受け取り、お金をくれた。

「また、売りに来ます。よろしくお願いします」

「いいとも、がんばってくれ」

二人は肉屋を出て、もと来た道を少し戻ったところに食堂があった。悟はその中にスーと入った。稔がオロオロしていると中から、

「稔、早く来いよ」

悟が呼んだ。中に入ると、悟は椅子にかけていたのでその横に座った。

「何を食べる」

「同じものでよかよ」

「えんりょせんでいいんだぞ。お金出すんだから」

「そうよ、何でも作ってやるよ」

おばさんが笑いながら言った。稔はこんな店に子どもだけで入るのは初めてのことだった。どうしようと、何も言えずだまっていた。悟が、

「じゃあ、鍋焼《なべや》きにしようか」

そう言うのを聞くと、悟は世の中のことをよく知っていると思い、稔は感心した。

店を出て稔は悟に聞いた。

「無駄づかいじゃあなかと」

「働いたんだから、少しぐらい楽しんでいいんじゃない」

ためらわずに悟は言った。そういうことなのか。稔は悟の大人びた態度《たいど》に驚いた。

悟と別れると、稔は駆《か》け出した。早く母にウサギを売ったお金をあげよう。

息を切らして家に飛び込むと、

「お母さん、ウサギを売ったお金だよ」

稔は、お金を母に差し出した。

「稔、ありがとう」

母は、うれしそうにお金を押しいただき、父が眠る仏壇に供え、何事かつぶやいていた。

運命の日

昭和二十年三月二十七日、稔にとって忘れられない運命の日となった。立石国民学校では、講堂で修了式が行われていた。校長先生が話をしていると、「ウー」と長く流れるサイレンが鳴った。

警戒警報《けいかいけいほう》だ。このサイレンが鳴っても敵は来ないことが多かった。校長先生は竹中先生に、本当に敵が来ているか職員室のラジオを聞いて来るように言われ、話を続けられた。

竹中先生が講堂に帰って来て、壇上の校長先生と話されていると、火事の時に鳴る「ウーウーウー」と切れ切れのサイレンが長く流れた。

今度のは空襲警報《くうしゅうけいほう》だ。アメリカの飛行機が爆撃《ばくげき》に来ているという知らせだ。

校長先生は大声で叫んだ。

「地区ごとに、集団で下校させてください」

「練習通りだぞ」

先生たちの声が聞こえる。

集合場所の林間学園に稔が並んでいると、悟がいた。

「気をつけて帰れよ。甘木生徒隊があるからな」

「稔も、気をつけて帰れよ。じゃあなあ」

悟は手を振りながら、軍用道路を南に、稔は幸男や勝治たちと一緒に軍用道路を北に向かった。

しばらく歩いていると、東の空に十機の飛行機が現れた。おもちゃみたいに小さく、つばさがキラキラ光っていた。

「わあ、飛行機だ」

「日本の飛行機だ。あんなりっぱな飛行機があったんだ」

稔たちは空を見上げる。拍手を送る子どももいた。

「ばんざい」

両手を高く上げて叫ぶ子もいた。すると、後ろの方から、

「敵機《てっき》!」

と叫ぶ先生の声がした。「溝に入れ」と言う声も聞こえた。

子どもたちは、道の横のくぼみや溝に飛び込んだ。

学校で習った両手の親指で耳を押さえ残りの指で目を押さえた。

「ドドドドドカーン、ドドドドドカーン」

大地が震えた。ものすごい音だ。

稔は溝から飛び起き、大刀洗飛行場の方を見た。黒い煙がもくもくと立ちのぼり、その中を赤い火がちらちらと飛びかっている。

稔は宏美をさがした。宏美は稔の後ろにいた。幸男もいる。稔は宏美の手を引いて幸男とともにかけ出した。

家に帰っても母はいない。隣組の防空壕に走り込んだ。中にはおばあさんたちと幼い子どもたちがいた。爆弾が落ちるたびに、防空壕の壁土がパラパラと落ちてき

た。稔は防空壕がくずれないかと、気が気ではない。

おばあさんたちは念仏をとなえる人、黙り込んでいる人、「飛行場がやられとる」と、誰に言うわけでもなくつぶやく人もいた。

「大刀洗飛行場がやられたばい。娘は死んじょるばい」

次の爆弾は、ものすごい音だった。防空壕入り口の扉がふっとび、天井から赤土がバラバラと落ちた。隣組長が、

「危ない、外に出ろ」

大声をはりあげた。

防空壕からとび出すと、南の方から、黒い煙が流れてきた。

幸男は家に帰ると言う。稔も宏美と家に向かおうとすると、

「立石の子どもが、やられたらしいぞ」

「一木の子らしい」

と言う声が行き合う人の間から聞こえてきた。

一木というと悟がいる。爆撃は終わっている。行ってみよう。

「ちょっと見てくるけん、お母さんが帰ってくるのを待っとって」

稔は宏美に言って、学校へかけ出した。林間学園の東、運動場に二十四人の死体が並べられていた。稔は、心臓の鼓動がはげしく波うちながら一人ひとり見て回った。

（あ、おなじ組の子がいる）

何ということか、女子組の子もいた。

悟はいない。けがをした子どもは、大刀洗陸軍病院に運ばれているという。稔が軍用道路を南に走って行くと、戸板にのせられた子がいた。かけよって見ると悟ではないか。

「悟！　悟！　悟！」

稔は呼び続けた。うっすらと目を開けた悟は、

「おれの手はあるな」

と言った。

「あるばい、りっぱにあるばい、甘木生徒隊に行くとじゃろが」

稔が悟の手をにぎりしめると、悟はうなずいてスーと目をとじた。稔が悟の戸板について行くと、立石村来春の大刀洗陸軍病院に運びこまれた。

病院は、けがをした人たちでごった返していた。子どもは中には入れないほど、殺気だっていた。稔が窓の外から中の様子をうかがっていると、四年生女子組の宿里先生が出て来た。

「心配して来たっじゃろ。もうだいじょうぶ。お母さんが心配しょんなるよ、早ようお帰り」

「先生、悟君、助かりますか」

「今夜頑張れば……」

二人は、悟の無事を、神や仏に祈るしかなかった。

後で宿里先生から聞いた話によると、稔が帰ってすぐ、悟の両親が来られた。変わりはてたわが子の手をにぎり、はげましていた。夜になって空襲警報のサイレンがなった。それまで目をつぶっていた悟が、細く目を開けた。

「お父さん、あたや《ぼく》もういいけ、はよう逃げない」

「なんば言いよるとか、悟！　死ぬ時は一緒たい」

お父さんは、悟の手を両手ではさみ、頬《ほお》に額《ひたい》をおしつけ、泣かれたという。

その後、悟は息を引き取った。


この日、アメリカ軍は爆撃機Ｂ29、七十四機で、大刀洗飛行場と関連施設を爆撃した。朝倉郡立石国民学校の集団下校での一木の子どもたちは、引率の先生とともに甘木生徒隊の前まで来た時に、このまま進んでは攻撃されると引き返し、近くの頓田の森へと逃げ込んだ。しかし、そこへ爆弾が襲ってきた。子どもたち二十四人が即死、七名が病院で亡くなった。


稔は北川先生に頼み、幸男と二人で葬式に参列した。

小さな穴が掘られ、元気だった悟は土の中に消えてしまった。稔は手を合わせ、一緒にウサギを飼ったことや相撲をしたこと、やさしくしてもらったことが思い出されて、涙が止めどなく流れ、その場をはなれることができなかった。

(甘木生徒隊に行って、悟のかたきば取ってやるけんな)

稔は、何時までも何時までも、悟が埋められた場所にうずくまっていた。悟のお父さんが近づいて来て、

「ありがとう。悟が喜んでいるよ」

と言ってくれたが、そのお父さんも涙で顔がぬれていた。

稔は北川先生にお礼を言い幸男と帰った。


アメリカ軍による爆撃は、三月二十七日の四日後、三十一日にもやってきた。一〇六機にも及ぶB29は一四〇〇発の爆弾を投下した。

稔たちはこの空襲を防空壕の中でやり過ごすしかなかった。

東洋一を誇った大刀洗飛行場は「もうダメだ」という噂であった。二回の空襲で一〇〇〇名をこえる人が亡くなったと聞いた。

分教場

四月になり、稔は五年生になった。大平山のふもと堤地区の集合場所にみんなが集まると、新しい国民学校高等科二年生の組長が、みんなをきちんと並ばせて学校に向かう。新しい学年になってみんなと会える、という気持ちと、爆撃の跡を見る辛さとがいっしょになって歩いた。

国民学校の奉安殿に敬礼し、教室に行きかかると、林間学園の裏門から一木の子どもたちが入って来た。頭を包帯で巻いた子、腕を三角巾でつった子、松葉杖をつく子もいた。その中に元気だった悟はもういない。稔は六名（男二名、女四名）の同級生を亡くした。

五年生男子の教室には、誰もいない二つの机がひっそりとあった。

「おい、花つみに行こう」

誰かが叫んだ。みんな入り口から外に飛び出した。校庭の隅の方に、紫色の小さなスミレの花が一列に並んで咲いていた。何もない二人の机の上は花で埋められ、稔たちは手を合わせ冥福《めいふく》を祈った。

始業式のベルが鳴り、みんなが講堂に入ると、校長先生が言われた。

「今、沖縄《おきなわ》にアメリカ兵が攻めて来ました。軍艦から大砲を撃ち込んでいます。山が崩《くず》れるほどでした。それでも日本軍は、上陸してくる米兵に立ち向かっています。みなさんもしっかり勉強し、体をきたえてください。学校は飛行機に爆撃される恐れがあります。明日から各地区に分かれて勉強します。寂しくなりますが頑張ってください」

子供たちは、家を出る時には防空頭巾をかぶるようになった。

堤地区は大平山麓の集落と、往還沿いの集落に分かれて授業が行われた。ふもとの集落の稔や宏美たち一、三、五年生は公会堂。二、四、六年生は宝満宮で授業が行われる。公会堂は、稔の家の裏の道を東に歩いて一分ほどの道のりで、今までと違い朝がとてもゆっくりできた。

公会堂に着くと、女子は部屋を掃き、板張りの拭き掃除、男子は公会堂外側の清掃が仕事だった。教えるのはやさしい松原先生、稔はそれがうれしかった。ところが五年生を少し教えて自習させ、三年生を教える。三年生を少し教えて自習させ、次が一年生。先生は一年生にはうれしそうに教えていた。先生も大変だろうが学ぶ方も楽ではない。しかし、戦争しているのだからしかたがないと稔は思った。松原先生は、

「よその学校は普通通り国民学校で勉強している。よその学校に負けないよう、しっかり頑張るんだぞ」

と、みんなのことに気をかけられそう言われた。

昼休みになると自分の家に帰り、食事をしてからまた公会堂に戻ってくる。弁当を作ってもらえない子どもたちがいるからである。

昼からは公会堂の周りの畑を耕し、サツマイモやサトイモなどの野菜を作った。それも勉強だった。幸男は農家の子だから、先頭にたって畑作りをした。先生から

期待され、放課後になっても帰らず、草取りや水やりをした。稔はウサギの草取りがあるので早めに帰った。

四月十八日午前八時頃、稔が牛乳をもらい帰って来ていると警戒警報が鳴った。警戒警報が鳴ると分教場は休みとなる。牛乳を届け、ウサギの草を取りに行こうと用意していると、東の空にB29爆撃機の編隊が現れた。米粒みたいな爆弾を落とし始めた。

その時、B29の上空にいた日の丸をつけた小さな飛行機が二機、ものすごいスピードでB29を追いかけた。B29の編隊の最後尾を追いかけるような形になる。一機はB29の編隊による機関銃の一斉攻撃で落ちて行った。もう一機がB29の右翼プロペラ付近に激突した。

B29は炎をあげ、二機は重なり合って落ち始めた。日の丸の飛行機から落下傘が飛び出しゆらゆらと落ち始めた。B29の機関銃は落下傘めがけ撃ち続けた。まもなく二機は離ればなれに落ちて行った。

稔が空を見上げてそこまで確認していると、幸男が自転車に乗ってやって来た。

「見に行こう、乗れ」

興奮した声だった。稔がとび乗ると家の横の道を南に進んだ。

「一木神社に行こう。そこから軍用道路を西に進めば分かるだろう」

軍用道路を西に行くと広い大刀洗飛行場が見えた。まだ黒い煙が所々に出ていた。白いコンクリートの建物だけが、化け物みたいに突っ立っていた。そこで運転を幸男と代わり稔がこいだ。大きな宝満川を渡ると少し下りになっていて、こぐのが楽になった。前を自転車で行く人や、歩いて行く人の群れに追いついた。

「みんな見に行ってるのかもしれん、近いらしいぞ」

幸男の声に稔はペダルを強くふんだ。西鉄電車小郡駅近くの線路を渡ると、ますます人の群れは多くなった。道路の左がわに大きなB29の残骸《ざんがい》が見えてきた。背中に「小郡」と丸く書かれた消防団服を着たおじさんたちが、まわりをかたづけていた。大きなアメリカ兵の死体を担架《たんか》で運ぶ人たちもいた。

稔と幸男は自転車から降りてあたりを歩き回っていた。

「アメリカ兵は十一人乗っていたが、みんな死んだそうだ」

「B29が落ちてきた所に防空壕があり、家族六人は即死だったそうだ」

（普通に暮らしていたのに、B29が落ちてくるなんて思いもしなかっただろうに、一瞬にして命が奪われたのだ。これが戦争なんだ）

稔は周りの人の話を聞きながら、頓田の森の爆撃で亡くなった悟のことを思い出していた。戦争って悲しいことなんだ。残酷《ざんこく》なことなんだ。子どもでも関係ない。人間が人間を殺すのだから……。稔と幸男は茫然《ぼうぜん》と残骸の中から立上る黒い煙を眺めていた。

「体当たりした日本人は宝満川の土手に落ちたそうだ。まだ生きていて、大刀洗陸軍病院に運ばれたそうだ」

助かってほしい。稔は必死に祈り手を合わせた。

後で分かったことだが、体当たりした戦闘機の操縦士は新潟県出身の山本三男《みお》三郎《さぶろう》少尉（後に大尉に昇任）と分かった。大刀洗陸軍病院に運ばれる途中に亡くなったという。

大勢の人たちは帰り始めた。稔たちが宝満川まで来ると、土手に人だかりがしていた。

「どうする」

幸男が聞いた。

「もうよか、帰ろう」

稔は残酷な戦争の現実にたまらなくなった。幸男も同じであろう。幸男は、「近くにおばあさんの家がある。何か食べさしてもらおう」と言った。

「分かった、俺がこぐよ」

稔が軍用道路を東に進み、大刀洗川を渡ろうして立ち止まった。橋の右の門柱はなくなっていた。欄干もなく、橋に掛かった丸太も何本かなく、勢いよく流れる水が下に見える。稔が心配そうに言った。

「どうする」

「俺がハンドルを取る。稔は後ろの車輪を丸太の上に乗せろ。ゆっくり渡ろう」

稔はどきどきする胸を押さえ一歩一歩渡って行った。

やっと渡ってほっとしていると、空襲警報が鳴った。急いで十字路を右に曲がると大刀洗公園があった。アメリカの戦闘機グラマンがブーンブーンと音を立ててやって来る。自転車を公園の森の中に隠し、地面に伏せる。グラマンは低く飛んできた。

稔は、地面に伏して耳を両手の親指でふさぎ、目を覆っていた。それでも聞こえてくるグラマンの音に、稔はグラマンの操縦席に座った若者を見たと思った。若者はにやにやしながらガムをかみ、機関銃をうち続けているのを確かに見たと思った。グラマンは機銃掃射しながら、公園をかすめ大刀洗川に水しぶきを上げて立ち去った。

恐る恐る立ち上がった稔と幸男は、あたりを見渡し菊池武光の銅像を見た。騎馬にまたがった菊池武光像は機銃掃射を受けていた。

後で確かめると、馬の左の腹部、左の太もも、左の背中に三発の弾の穴が残されていたという。

公園からの道は二人とも何も言わずに歩いた。やっと幸男のおばあさんの家に着いた。幸男は玄関を開けて声を掛けた。

「こんにちは」

「誰かと思ったら幸しゃんじゃなかね。どうしたと、早うおあがり」

幸男はスーと上がって行った。

「どうしたと、自転車で来たと？」

「近くにB29が落ちたけ、自転車で見に行ったと」

幸男はそう言うと、稔を振り向いて、

「友だちの稔」と紹介した。

「二人して、無茶をして。お母さんに言わんでじゃろ……」

幸男は頭を掻きながら下を向いた。

「お母さんが心配しよろう。お昼は食べたね」

幸男は黙って首を振った。

「寿子ちゃん、二人にご飯食べさせて」

おばあさんは、孫の寿子に言いつけると外に出ていった。寿子は、

「なんで無茶すると」

と、やはり二人を叱り、台所でご飯、野菜の煮物を用意し、ちゃぶ台に並べた。

自転車をこいだり悲惨な場面を見たり機銃掃射から逃げたりで、二人は疲れはてていたが、空腹でもあった。


しばらくしておばあさんが帰って来た。

「お母さん、心配してたよ」

「電話したと」

幸男は、食べるのをやめ、不安そうに言う。

「そら、心配するだろうもん」

電話のある家に行き、電話を借りて勝治の家に電話をし、幸男の母を呼び出してもらったのだ。

おばあさんは稔に、

「お母さんに伝言してもらったけん、心配せんでよか」

そう言いながら、ちゃぶ台に向かって座った。

稔は「しまった。母に知られた」と思ったが、ただうなずいた。

「あの爆弾橋を渡って来たと?」

おばあさんは、幸男に聞いた。

「うん」

「まあ、命知らず。あの菊池橋はここでは爆弾橋と言ってる。爆弾で壊され渡れなかったんよ。やっと丸太を補修してるけど、まだまだ危なか」

幸男は今までのことを少し説明した。

「大刀洗公園近くまで来たら、空襲警報が鳴ったんだ。アメリカの戦闘機グラマンが音を立てて低く飛んできた。自転車を公園の林の中に隠して、おれたちも隠れたんだ。恐ろしかった」

「公園は広いからね。林の中に隠れられてよかったよ」

おばあさんは、そう言うと悲しい顔をして続けた。

「その公園の端に近所の人の防空壕が数カ所あったんよ。公園だから爆弾は落とさないだろうと話していたんだ。ところがあの二十七日、大刀洗飛行場が爆撃された時、一つの防空壕の近くに爆弾が落ちたんよ。中にいた母親と子どもたちが生き埋めになった。助けに行って掘り起こすと、小さな女の子の顔が少し青白く感じたけど生きているような顔だったよ、でもだめだった。抱えると手や足がぶらんぶらんと揺れたの。お父さんと男の子もいたの。可哀想だったよ」

空襲は立石だけではなかったのだ。

「帰る時は別な道を教えるから、そっちを通りなさい。分かった?」

おばあさんはそう言って話し終えた。

二人は、おばあさんから聞いた安全な道を通り、甘木から東に進んだ。煉瓦工場のある十字路から左に曲がると大平山が見えた。稔は母に何と言おうか考えていた。

五月八日、同盟国ドイツが、無条件降伏《むじょうけんこうふく》をした。日本は全世界を相手に、戦わなければならなくなった。

一面に咲きほこっていた菜の花が実をつけ、麦の穂が茶色をおび風に揺れている。いよいよ刈り入れ時が近づいた。農家はいそがしい時期を迎える。

今日から授業はなく、勤労奉仕に行くことになった。分教場に行くと、松原先生が入り口の石段に腰を下ろしていた。みんながそろうと松原先生が言った。

「農家の人は自分の家で働く。農家でない人は、手伝いに行くことになった。稔君は田をたくさん持ってある、山田勝蔵さんの家に行くように」

先生はつぎつぎに手伝いに行く家を発表された。

（勝治の家だって）

稔は困った。でも先生のご指名、しぶしぶと勝治の家に行った。

「手伝いに来ました」

ふだんきびしい顔なのに、都おばさんはにこにこしていた。午前中は麦刈りだった。稔はがんばらないと何と言われるか分からないと必死だった。一列刈り終わっても休まず、二列目を刈り続けた。都おばさんと同じ速さで刈って行った。勝治はだいぶ遅れて、一列刈って土手で休んでいた。

「勝治！　早う刈らんか、稔君ば見てんか」

勝蔵おじさんは、大声で叫んだ。勝治は仕方なく立ち上がったが、麦は刈らなかった。稔は二列目が終わって、三列目を刈ろうとすると、

「少し休んでいいよ、つかれるから」

と勝蔵おじさんは、額の汗をぬぐいながら言った。勝治は二列目に入っていた。

稔はきつかったけど家を借りている引け目があって、都おばさんを抜いて刈り進めた。向こうから四年生になった佳奈が、にぎり飯とお茶を持って来た。みんな輪になって食べ始めた。稔は隅っこにいたが、佳奈がにぎり飯とお茶を持って来た。

「なれんけん、きつかったろ」

笑いながら話しかけてきた。稔は首を横に振った。勝治がいるので何も言えなかった。勝治は箸でおかずをつまんでいた。

午後の仕事は、熟した実をつけた菜種《なたね》を〝からしきり〟という道具で刈り取る方に変わった。菜種の根元を刈るのだが力がいる。力一杯、からしきりを打ち下ろさないと切れない。きつかったけど稔は休まず働いた。仕事が終わると都おばさんが、

「風呂に入っていきなさい」

と言ってくれた。

「家で、風呂ばわかさんといかんけ」

帰りかけると佳奈が追いかけてきた。

「夕飯食べてって」

「ごめん、ウサギが待っとるけん」

稔は、急いでその場をはなれた。


山かげに白い卯の花が咲き、刈り取った麦がらを燃やす炎があちこちに見られる昼下がり、稔はサデ、バケツを持って魚取りに行った。川のよどみに生えている草の茂みから、

「モオー、モオー」

と何かが鳴く声がした。ウシガエルにちがいない。体が大きく、みにくい黒いいぼいぼが背中をおおっている。爆死した悟の話を思い出した。サデとバケツをなげ

出し、幸男の家に走った。

幸男は家の軒下《のきした》で飼育しているにわとりに、餌をやっていた。

「幸しゃん、ウシガエルがおったばい。取り行こう」

幸男は道具箱から金槌《かなづち》、竹の棒を持って来た。二人はかけ出した。

「モオー、モオー」と鳴く草のまわりに、稔がサデを置き、幸男が竹で草むらをつついた。

「うん、おりそうだ。サデの方に追い出すからな」

ごそごそと草むらが動いた。稔はサデの端の方に手応えを感じた。急いでサデの方角をかえ、ウシガエルがサデに入るようにした。サデを上げると、ふた抱えほどの大きさだった。

「ようこえとる、おいしいぞ」

幸男は持ってきた金槌で、ウシガエルの頭を力一杯殴った。ウシガエルは、手足をけいれんさせたが、ごそごそ逃げだそうとした。幸男がもう一回金槌で殴った。

「なかなか死なんばい」

「精が強いんだ、このまま料理しよう」

「食いつかんかな」

稔は心配だった。サデに入れたまま幸男の家に行った。風呂場の排水口のところがコンクリートになっている。そこで料理することにした。幸男は細い紐を持ってきて、ウシガエルの後ろ足に結び、モチの木の枝にぶらさげた。陸軍射撃場で拾った鉛で作った小刀で、足の所から皮をむいていった。思ったよりうまくいった。皮の下にある肉は鶏の肉に似ていた。幸男は七輪を持って来て新聞紙を強く丸めて中に入れ、その上に炭をおいて火をつけた。うちわであおぎ、火をおこした。焼いた肉はやはり鶏の肉を焼いたものに似ていた。

二人は話し合った。

「ウシガエルの肉と言ったら、食べないだろうから、鶏の肉と言おう」

稔が家に帰ると、母と宏美がこちらを見た。

「鶏の肉ばもらってきたばい」

「だれにもらったと」

母がたずねた。

「幸男君」

「お礼を言わんといけんな」

稔は困った。ばれたら大変だ。

「幸男君が育てていた子鶏が元気がなかったけん、解剖の勉強ばしたったい。やけん肉もすくなか。お礼を言うたら幸男君が叱られるけんね」

「そんなことばしたと。かわいそか。宏美、食べとうなか」

宏美はいやな顔をしている。

「うまかぞ、食べてみれば分かるけん」

「まあまあ、ご飯の時にいただきましょう」

母はそう言って肉をなおしてしまった。

夕食の時に、母と宏美は、

「柔らかくておいしいね」

そう言って食べてくれた。

「蛍が出る頃やね」

母がそう言ったのは、麦刈りの応援も一息ついた頃だった。宏美はそれを聞くと、

「浴衣《ゆかた》を着て蛍を見に行きたい」とせがんだ。

浴衣は長い間しまったままであった。母も浴衣を着せることなどすっかり忘れていて、手直しをしなければ着れない状態だった。戦争中だって、浴衣を着るぐらいはいいのではないか。母は二人の浴衣を取り出して、手を入れた。そして、麦わらをもらってきて、小さなかごを二つ作った。これで蛍を取りに行く準備ができた。

宏美は、佳奈を浴衣を着て一緒に行こうと誘った。

「それはいいことやね。でもね、川の水際で光っているのは、ヘビの目玉かもしれんけ、ようと見てとらんといかんばい」

母は注意することも忘れなかった。

ちょっと蒸し暑い日になると、母は「今夜は蛍が出ると思う」と言う。

宏美が、佳奈と約束して来たと喜んでいる。稔は佳奈が来ると何か起こりそうな気がして心配していると、

「早く行こう」

と、宏美はうれしそうに駆け出した。

（ぼくが行かないと、二人では怖いだろう）

母が作ってくれた菜種をとったアブラナの殻《がら》を三本たばねたものと、箒《ほうき》を持って家を出た。夜空に星がきらめいていた。

浴衣を着た佳奈が箒を持ってやって来た。稔も浴衣を着て、家のうらの十字路を山に向かって川沿いに進んだ。しばらく行くと川の右手に苗代田があった。そこあたりに蛍が飛ぶそうだ。立ち止まって見ていると、スーと目の前を蛍が飛んで行った。

稔、宏美、佳奈は、菜種の束、箒を振り回して、ホタルを追いかけた。佳奈が取った蛍は宏美のかごに入れた。

夢中になっていた宏美が、田の中に足を滑らした。

「お兄ちゃん、鼻緒《はなお》が切れた」

泣き出しそうな声だった。横にいた佳奈が言った。

「稔さん、わらこづみから、わらを取って来て」

稔はわらこづみに走った。わらを一握りつかんで戻って来た。佳奈は浴衣の袂《たもと》をからげると、宏美の足と下駄《げた》を洗って待っていた。稔からわらを受け取ると、穂の方を左手で握り、根元の枯れた葉を右手で落とした。

「よく見ときなさい。こんどから自分で鼻緒ばたてるんよ」

わらを下駄の紐《ひも》に巻きつけ両手でねじり下駄の穴に通し、下駄の裏に出す。出てきたねじれたわらをほどき、元にもどし強く結んだ。鼻緒に手を入れ、はきぐあいを調べた。

「はいてごらん」

宏美に下駄を渡した。

「ありがとう、ぴったりばい。お姉ちゃんうまかね」

稔は自分がしてやらねばと思いながら、手を出せずおろおろしていた。

「すみません、浴衣よごれんじゃった」

「ちっともよごれちょらん、さあ、蛍取らにゃあ」

稔、宏美、佳奈は、菜種のたば、箒を振り回した。

ホーホー蛍こい
あっちの水は　苦いぞ
こっちの水は　甘いぞ
ホーホー蛍こい
お尻に提灯　ともしてこい

向こうからも、歌が聞こえてきた。

田植えが終わり、むし暑い日だった。六月十九日午後十一時ごろ、稔は、ふと目を覚ました。母の布団を見ると、まだ寝ていないようだった。母をさがしてみるが部屋にはいない。外に出た。ざわざわと風が吹き満天の星空だった。母は西の空を見ている。花火大会かな、一瞬稔はそう思って見ていた。「そんなはずはない」とすぐに打ち消した。かすかに重い爆発音のようなものが聞こえてくる。

「福岡じゃないかな、爆撃されよるばい。おばあちゃん、大丈夫かな」

母は祖母を気づかって言った。火の手は続いて上がった。横に広がった。

「おばあちゃん大丈夫かな」

母はもう一度つぶやいた。

「明日、行って来るね」

母は小さい声で言った。

遠い空は赤く広がり火は勢いを増し燃えていて、おさまるようすはなかった。

「もうおそい、寝ましょう」

母に言われて床に入ったけれど、住んでいた家のこと、祖母のこと、友だちのことが思い出され、なかなか眠れなかった。

朝目を覚ますと母は福岡に行く準備をしていた。空襲のことを宏美に言うと、

「宏美も行きたい。おばあちゃんが心配だもん」

涙声だった。稔も行きたかったが黙っていた。

母は「福岡は、どうなっとるか分からん。宏美は祐子おばさんの家にいなさい」ときびしい顔で言った。

「今日行ってみて、おばあちゃんが元気だったらすぐに帰る。稔は行く用意をしなさい」

と付け加えた。母のきびしい表情に、不満そうな宏美や稔も何も言えなかった。

稔と宏美は急いで朝ご飯を食べ、稔は紐の付いたかばんを首から斜めにかけ、かばんには弁当と水筒、それに手ぬぐいを何枚も入れた。

宏美を祐子おばさんに預けると、母と稔は国鉄甘木駅に急いだ。


博多に着くと歩いておばあちゃんの家に向かった。道の両側の電信柱には奇妙なものが刺さっていた。母が「焼夷弾じゃろ」と教えてくれた。燃えてしまった家や壊された塀が続いていた。油の匂いと焦げた匂いがまじった風が吹いていた。時おり焼け落ちた家の前にぼんやりと座っている人がいた。

鉄筋コンクリートの建物のいくつかだけ残り、他は全滅だった。道を歩くのは大変だった。焼夷弾の残骸や燃えかすの材木、金属片が散らばっていた。時おり大八車に亡くなった人を運んでいるのに出会った。

天神辺りからは海が見渡せた。やっと大名まで来ると、ここも周りの家はほとんどなくがれきの山だった。大名小学校のコンクリートの建物と、駅のそばの公衆便所が残っているだけだった。海の方に歩いて行くと、住んでいた家はなくなっていた。どこがどこなのかも分からなかった。

ようやくおばあちゃんの家に着くと、建物は燃え尽きていた。地下に防空壕を作っていたはずだ。幸いその場所はすぐに分かった。少しずつがれきを取り除く。急に母が土をかきわけ、扉を開けた。中をのぞくと、階段のすぐ下に、武雄おじさんがうずくまっていた。階段を下りていくと、おばあちゃんが正座して壁にもたれていた。

「おばあちゃん！」

母と稔は同時に叫んだ、おばちゃんにさわると、ばたりと横にたおれた。顔が黒くしわがれて見えた。母の泣き声に稔はわれにかえった。

周囲は、被害を受けた人たちが、亡くなった人の隣で茫然と立ちすくんでいた。まだくすぶっている所がある。

「検視があるので、死体を動かしてはならない」

市役所から達示《たつし》があったそうだ。

軍隊の施設、家、人を燃え尽くす残酷なしわざだ。戦争は、戦場で戦う兵士だけでなく、子どもやおばあちゃんまでも殺してしまうということだ。稔はそう思った。それでも稔は、悟を殺し、祖母、伯父を殺したアメリカ軍に復讐《ふくしゅう》したい、早く大きくなって少年飛行兵となり、敵と戦いたい、そのためには体をきたえよう、そう思った。

六月十九日午後十一時過ぎに始まった空襲は、B29爆撃機二二一機によって、福岡市の中心、博多部、博多湾から大濠公園にかけて一五二五トンの焼《しょう》夷《い》弾《だん》が投下された。福岡の中心部は壊滅状態になった。

稔たちと同じように親類をさがしている人々がいた。ひそひそと話し声が聞こえる。

防空壕で死ぬ人が多かったらしい。あたりを焼き払う焼夷弾を落とされ、煙が防空壕に入って来た。息苦しくなって飛び出した人は助かった。死んだ人は窒息死がほとんどじゃないかな……。

六月二十日夕方、警察と市役所の職員が検視にやって来た。死体を見ていたが、二人は焼死です、と死亡証明書を書いてくれた。

「自宅で火葬していいですか」

母が聞くと、福岡市の火葬場、姪浜か小笹に持って行ってくださいと言う。そこまで死体をどう運べばいいのか。母は、

「自分は朝倉に住んでいます。遠いので何とかできませんか」

と頼んだが、聞き入れてもらえなかった。

このままでは家に帰れない。おばあちゃんとおじさんの遺体をそっと横にして、母は少し休もうと言い、大濠公園に向かうことにした。途中、母の友だちに会った。

やはり親戚を訪ねて来ていたという。この友達の家に泊めてもらうことにした。

次の日、市役所から連絡はなかった。二十三日、ようやく火葬証明書が出て、警察から遺体を簀子国民学校に運ぶように言われた。くずれた家の材木、角材、板などを集め、学校と円応寺の間にあった墓地で、祖母と伯父の遺体を荼毘《だび》にふした。遺体がうまく燃えないので、つらく悲しい時間が長く続いた。


稲は日に日に大きくなって、田の水が見えないほどになった。公会堂のうら庭で、クマセミがけたたましく鳴いている。松原先生は五年生に俳句の授業をされた。

「だいじなことは二つです。一つは季語です。季節をあらわす言葉を入れること。もうひとつは、文字の数が五・七・五であることです。たとえば……」

「朝顔に・つるべとられて・もらい水」と黒板に大きく描かれた。

「朝顔は夏に咲くので夏の季語。文字は五・七・五。やさしい作者の気持ちが、よく出ているだろう。これが俳句というものだ。さあ自分で作ってごらん」

そう言うと先生は三年生の授業に行かれた。稔は考えていたが、すらすらと鉛筆

を走らせ、

「実るほど・頭を下げる・稔かな」

幸男に見せた。

「どこかで、聞いたような気がする」

首をひねっていたが、

「これ、季語がないぞ」

「季語ね」

今度は稔が首をひねった。二人は俳句が作れないまま、授業は終わった。

八月十五日、天皇陛下の大事な放送がある、みんなラジオを聴くようにと、ふれが回った。稔たちは幸男の家に聴きに行った。ラジオのスイッチが入った。

「朕《ちん》、深く世界の大勢《たいせい》と帝国《ていこく》の現状とに鑑《かんが》み、非常の措置をもって時局《じきょく》を収拾せんと欲《ほっ》し、ここに忠良《ちゅうりょう》なるなんじ臣民《しんみん》に告ぐ……」

むずかしい言葉、ラジオの雑音も入り、放送が終わっても、稔にはなんのことか分からなかった。

母に聞くと戦争に負けたと言う。

稔は、そんなことがあっていいものか、と思った。どうなっているのだろう、と も思った。

少年飛行兵をめざした悟のむざんな姿。おばあちゃんと武雄おじさんを焼き殺した焼夷弾、早く大きくなって仇《あだ》を取ろうとしたのに……。

先生だって、体をきたえてと言ってたじゃないか。

稔は涙があふれてきた。戦いに敗れたことはすべてを我慢しなければならないことなのか。きっと勝利すると信じていた人は多かったと稔は思う。

「この野郎、今に見ておれ」

しかし、その夢ははかなく消え去ってしまった。


そんなことを稔が思っていると　祐子おばさんがお茶とふかしたジャガイモを出してきて、みんなで食べようと言う。

「仏様にあげたんよ」

おばさんは笑いながら言った
「ほう、おいしそうだね」

みんなは笑顔でおいしそうに食べていた。

稔の心は沈んだままだった。

家に帰ると母は明るい声で、

「ともかく、私たちは命があってよかったじゃない。生きているのだけん、しっかり生きていかんば」

そう言った。稔はあっけにとられて、母の顔を睨んだ。


夜、稔は悟の夢を見た。

「おれの手はあるな」

細い声で聞く悟に、

「ある、ある、あるばい、少年飛行兵になるとじゃろうが」

にっこり笑って、スーと消えた悟。明日悟に会いに行こう、と思って目がさめた。

それからおばあちゃんや武雄おじさんのことが思い出されて、とても眠れなかった。


八月の終り頃になると、兵隊にいっていた人が少しずつ立石村に帰って来た。

「ウナギ持ってきたばい」

無事復員した純おじさんが、小さな破子《わりご》を持って来た。みんなが集まると純おじさんは、破子のふたを開けた。腹をさいた焼きウナギが入っていた。

「ウナギの色が、すこし白かごたる」

宏美が、破子をのぞき込んで言った。

「今ごろ、めずらしく手に入ったと」

母は笑いながら言った。

「少し味が落ちるかもしれんが、食べてみてん」

破子から皿に取って、食べ始めた。

「なんだか、かたかごたる」

宏美が、ウナギの切れはしを手でにぎって言った。

「今年は暑かったので、栄養不足かな」

純おじさんは笑いながら言った。稔はこれはウナギではないと思ったが、腹がすいていたので思わず食べてしまった。

「うまかったばい」

母は純おじさんの目を見て言った。

「取れたら、また持ってきてやるけん」

純おじさんは、にやにやしている。

「すこしかたかったけど、これなに」

稔は不思議に思って聞いた。

「言っていいのかな」

純おじさんは笑っている。みんなは一斉に純おじさんの顔を見た。

「ヘビだよ」

「えええ」

宏美は、べーべーと吐き出したが、出てこなかった。

「あんがい、おいしかったよ」

母がにやにやして言った。

「宏美ちゃん、栄養百パーセントだよ。兵隊に行って、野戦訓練《やせんくんれん》の時、分隊長がヘビを食べさせたんだ。腹をすかしていたから食べられた。それで持って来たんだ」

宏美はあっけに取られて、純おじさんの顔をまじまじと見た。

純おじさんは、カタツムリを食べた話もした。

「カタツムリは、田にいるタニシに似ておいしかったよ。家の周りを囲んである竹垣に、カタツムリが登っていることがある。つかまえて、裏のくぼみに醤油をさし火の中に入れる。こんがりと焼けておいしいよ」

純おじさんの話に、稔は戦争のつらさを感じた。

民主主義

九月、立石国民学校で始業式があった。校長先生と一木地区担任の中田先生が異動された。稔たち五年生の担任は武田藤雄先生だった。身体ががんじょうで、黒い髪を二つに分け、寄りつきにくい感じだった。兵隊から帰ってこられたばかりで、キビキビしたところがあった。言葉にはやさしさがないようだった。松原先生がやさしい眼差しで子どもたちを見つめていた姿とは違う感じがした。武田先生は言われた。

「来年になると中学校の試験が待っている。しっかり勉強しよう」

久しぶりに仲間がそろって、みんな生き生きしていた。

幸男は五年生の男子組の級長になった。

家に帰ると、福岡県立朝倉中学校の生徒がストライキをしたという噂を母が聞いてきた。生徒が学校に行かなかったというのだ。稔は中学に進もうと思っていたし、朝倉中学もその一つの希望校だった。稔にはびっくりするニュースだった。そんなことができるのか？　稔は不思議だった。これも戦争が終わったからなのだろう。

朝倉中学校は昭和十八年六月二十二日、甲種飛行予科練習生《こうしゅひこうよか》（予科練）への参加が七十五名だった。このため生徒が講堂に集められ、あらためて校長先生が国を思う心情を伝えられた。教室では学級担任の誘いに志願者は二八二名となった。

これは日本一の志願者だ。毎日新聞に写真入りで報道された。大刀洗飛行場があり、先生たちはなんとしても志願者を増やしたかったのだろう。

若者たちは自分の命と引きかえに、国に殉《じゅん》ずる覚悟ができていた。ところが敗戦となり、若者たちは行き場がなくなった。そのやり場のない思いを学校に訴えようということになったのだ。

「このままでは始業式に参加できない。戦争へと導いた教師たちの気持ちを聞きたい、そして民主教育を希望しよう」
そんな結論となり、中学校四年生が中心になって不登校を呼びかけた。また学校との交渉も四年生がした。翌日班ごとに分かれて教師を呼び出し、質問をした。質問に納得した生徒たちは翌日から登校した。

十月、立石国民学校では、教科書に墨をぬることになった。習字道具を持ってくるように言われたのはそのためであった。軍国主義にかかわる所を先生が指示し、そこに墨をぬるのだ。教科書のページの大部分をぬったものもあった。

その教科書で勉強した。武田先生は口で説明するだけで、どんどん授業を進めていた。五年女子の教室を覗くと、黒板いっぱいに板書されていた。同学年でこんなに教え方に違いがあっていいのかな、稔は心細くなった。家に帰ると松原先生からもらった中学校入試問題集を開いて自分で勉強した。

武田先生は学力をつけるために、毎日宿題を出した。宿題をしてこない子には竹の棒で作った鞭《むち》で肩をたたいた。戦争中は子どもを鞭でたたくのは、あたり前のことだった。それが今も続いている。

先生は、勉強して成績を向上させたいと思って宿題を出した。しかし、その気持ちは子どもに伝わらず、たくさん出る宿題への不満、たたかれることへの反発がたまっていた。それがずっと続いた。級長の幸男にみんなが頼んだ。

「戦争は終わったんだ。民主主義になったんだ。暴力は振るわんよう言ってくれ」

人のいい幸男はそれができない。みんなの不満は積もっていった。

ある日、宿題をしてない子が多かった。先生は怒《いか》り、

「学校で宿題をしてしまうように。何かあったら、職員室にいるので言ってこい」

そう言って、先生は職員室に戻って行った。

下校の鐘がなった。幸男が職員室に行くと先生はいなかった。教室にもどって、そのことをみんなに報告すると、

「便所に行ってるかもしれん」

「保健室かもしれんぞ」

「運動場かもしれん」

と、みんなで手分けして先生をさがすことにした。

「どこにもいないぞ」

「先生の自転車はなかったぞ」

「帰ったんじゃないか」

「そりゃあんまりだ」

「おれたちを残して、自分だけ帰るとは」

わいわいがやがや、みんなの先生への不満がふきだした。桑野学が言った。

「日本は民主主義の国になったんだ。正しいことは言っていいんじゃないか」

さらに、子どもたちは自分の思いを出し合った。

「おれたちは、竹の棒で肩をたたかれた。民主主義の世の中で許されんこっだ」

「おれたちを教える先生が、おれたちを残して帰るなんて許せん」

桑野が言った。

「明日ストライキをしたらどうだ。朝倉中学校がやったストライキだ」

「それは、あんまりじゃあなかか」

幸男が青ざめて言った。

「あんまりどころか、当然のことだ」

賛成、反対の意見が出た。稔は、

「先生に急用ができたかもしれん。明日先生に聞いたらどげん」

と、級長である幸男の立場を考えてそう言ったが、桑野に賛成する子が多かった。

桑野は、

「明日の朝学校の前で落ち合い、山の方に行こう。このことは誰にも秘密《ひみつ》だぞ。そうしないと失敗するからな」

と言い、みんなで学校には行かないことになった。幸男の顔がさらに青ざめた。

「今日はみんな興奮《こうふん》しとるけん、明日また話し合おう。そうすれば、きっと分かってくれると思うよ」

稔は、血の気をなくした幸男を慰《なぐさ》めた。

あくる日、林間学園前の十字路で、堤方面から来た児童と、来春方面から来た児

童がばったり会った。桑野が、

「行くぞ」

威勢《いせい》よく言った。

「学校に行ったほうが、いいんじゃないか」

幸男は心配そうに言った。

「きのう、ストライキばするち、決まったろが。今さらなんだ」

桑野が顔色を変えた。

「おれもよう考えたが、学校に行った方が、うまくおさまると思うよ」

稔が幸男を応援《おうえん》した。しかし、桑野の仲間は熱くなっている。

「また鞭でたたかれたり、残されたりするぞ」

「民主主義になったんだ。言いたいことは言うべきだ」

「級長が決めてくれ」

言われて幸男は困った顔をしたが、

「山に行こう」

幸男が折れて山の方へ歩き始めた。大平山の中腹は幸男の家の山だ。自由になった子どもたちは、木に登ったり木の実を食べたりした。幸男と稔はなぜ学校に行かなかったのか、その理由を紙に書いていた。

急にあたりが静かになった。振り返ると校長先生が立っていた。児童たちは鞭でたたかれたことや、ぼくたちを残して勉強させながら、先生が自宅に帰ったことを申し立てた。

「君たちに不満があると思うが、私が武田先生によく言って聞かせるから、学校に帰ろう」

「本当ですか。嘘はないですね」

桑野は声を大きくして尋ねた。

「嘘はつかない。君たちの願いはきっと伝える」

みんなは、校長先生の後ろについて学校にもどった。教室では、校長先生がほんとうに武田先生に注意しているか見に行こうとなった。大勢では見つかるので、元気のいい二人が見に行った。宿直室で校長先生が注意していると報告すると、二〜

三人が教室を飛び出して見に行った。

しばらくして、武田先生が肩を落として教室に歩いて来た。児童たちはあわてて教室に入った。

「君たちがしっかり勉強するようにがんばっていたが、その意味が分かってもらえず残念だ。朝倉中学の入学試験めざし、私もあせっていたと思う。今後気をつけていきます。君たちを残して帰ったことは、深くお詫びします」

先生は悲しそうな顔をして話された。それから、鞭でたたかれたり、おそくまで残されることはなかった。

秋晴れのよい天気だった。朝十時ごろ、稔は大きなひしゃくで、便所の汲み取りをしていた。肥たごが一杯になったので母を呼んだ。六尺棒を通しかつごうとすると、女の子の声がした。

「ちょっとお尋ねします。松原先生のお宅、ごぞんじありませんか」

ちらっと見ると、疎開してきた同学年の圭子だった。稔はびっくりして、帽子を深くかぶり下を向いた。

「そこの十字路を右に曲がって、まっすぐ四百メートルほど進むと、左がわに大きな家があります。その家です」

「ありがとうございました」

頭を軽く下げて通り過ぎた。白い上着を着て、黒いスカートをはいて、さっそうと歩いて行った。

「よかおじょうさんやね。言葉づかいが、はっきりしとって、礼儀《れいぎ》正しか」

「福岡市から転校して来た圭子さんだよ。同級生なんだ」

そう言おうとしてやめた。稔や母の服装とあまりにも違いすぎ、貧しい生活をしている母を悲しませたくなかった。何ごともなかったように肥たごをかつぎ、十字路を南に五百メートルほどはなれた畑へ行き、野菜に糞尿《ふんにょう》をまいた。

まもなく、村祭りの日が来る。純おじさんが青年団の芝居「瞼《まぶた》の母」で、番場の忠太郎を演ずる。母と祐子おばさんは、朝からごちそう作りに忙しい。作り終えると、宝満宮の境内にできた舞台の前にござを広げた。

ぐれて家を飛び出しやくざになったが、心を入れかえて働き、金をためて母に会いに来た忠太郎。しかし、母には縁談が進んでいる娘がいて、忠太郎の存在が縁談に悪い影響が及ぶことを心配して忠太郎をわが子でないと言いはる。忠太郎が去っていくと、母は娘といっしょに忠太郎に呼びかける。

しかし、忠太郎は、

「いやだいやだ、誰が会ってやるものか、おらあ、こう上下の瞼を合わせ、じっと考えてりゃ、会わねえ昔のおっ母さんのおもかげが出てくるんだ」

とタンカをきってその場を去って行く物語である。

やりそこないもあったが、村の人たちは盛大な拍手を送った。硬貨を鼻紙にくるみ舞台に投げる人が多かった。

稔は幸男と出店を見て回った。ばったり勝治たちと出会った。勝治は綿菓子をなめ、にやにやして言った。

「稔、圭子さんと会ってるそうじゃないか」

「母に松原先生の家ばたずねただけやけん。ぼくとは関係なか」

「宏が見たと言ったぞ。隠すな、本当だから隠すのじゃないか」

「ぼく、嘘つかん。ほんとうたい」

「圭子さんはきれいだから、うらやましい」

勝治はいやみを続けた。

「お母さんが呼んどるばい」

幸男が助け船を出した。二人はくるりと回って、母の所に急いだ。そこには純おじさんがいた。楽しそうに話していた。

「忠太郎がよかったばい」

「純ちゃん、うまかじゃん」

母と祐子おばさんは、純おじさんをほめちぎっている。どうして、母、純おじさん、祐子おばさんは、こうも仲がいいのだろう。稔はどうしてだろうと思った。

稔がウサギの餌をあぜ道から取ってきて、リンゴ箱のふたを開け草を中に入れていると、祐子おばさんが来た。手に餅米とあずきを持っている。

「お母さん、いないの」

祐子おばさんは、残念そうにたずねた。

「時どき、おらん時があるとです」

「働き者だから、体をこわさないといいけど。この前、私に隣組の動員が当たったつたい。どうしても行けないので、代わってもらったと。そのお礼に持って来た」

「おばさんたちは幼なじみと言うけど、家を借りてやったり、ぼくたちに気を配ったり、助けてくれたり、普通の友だちと思われんちゃけど、何か訳があるとですか」

祐子おばさんは、しばらく考えていたが、

「小さかころから三人でいっしょに遊んでいたんよ。まるで兄妹のように」

と、遠くを見ながら続けた。

「いろんなことがあった。そうそう、小学校三年生の時、一人娘の私はきれいな帽《ぼう》子《し》を買ってもらった。梅雨の頃で外に出られなかった。私たち三人は、空が晴れると、川を見に行ったとよ」

「きれいな帽子ね」

「よく似合うばい」

恵美ちゃん、純ちゃんにほめられ、得意になって駆け出した。川は雨のせいで水が多く、流れも速かった。笹舟を流そう。竹の葉で舟を作り、川に浮かべて流れを競った。ところが、強い風が急に吹いて帽子が川にとばされた。私が泣くので純ちゃんが取ってやろうとして、川に落ち込み流された。やっと浅瀬で止まったが動けない。恵美ちゃんが、川下に走って行き、帯《おび》を投げ、

「この帯につかまって」

大声をあげた。純ちゃんは帯につかまり、それから私と二人で引き上げた。

その時、純ちゃんは、足をけがしてしまった。二人で純ちゃんを医者に連れて行った。私は純ちゃんに「ごめんなさい、ごめんなさい」と言っていた。

「三人とも大目玉だったわ。でも、三人の絆《きずな》はすごく深まったわ」

ところが、恵美ちゃんのお父さんが福岡の航空隊に移られ、福岡に移ったの。そ

れでも連絡を取り合っていた。

「もう、兄妹以上かもしれんね」

「そんなことがあったんですか。ぼくは三人がとても仲のよかけん、どうしてかな、と思っとったんです。ありがとうございます」

稔は祐子おばさんにお礼を言った。三人の関係が分かりすっきりした気持ちになった。


稔が圭子にラブレターを出したという噂が流れてきた。

圭子は立石に転校してきてから注目の的だった。勉強ができ、だれが見てもきれいだと評判だった。男の子が女子組に圭子を見に行くのがいつものことだった。

稔は、ラブレターは勝治が出したにちがいないと思った。証拠はないが、ほかにそんなことをする子はいない。圭子がきれいだから、勝治が自分の気持ちを人の名を借りて出したのだろう。

こんなことで悩まないといけないなんて、ほとほと困ってしまった。幸男は噂に

怒って勝治に文句を言おう、と言うが、家を借りている手前それもできない。学校で話をしたことのない上級生が、

「人に言わないから、本当のこと教えてくれ」

と聞きに来る。

「ぼくは出しとらん。切手を買うお金もなかとやけん」

そう言っても納得してくれる様子はない。妹の宏美すら言うのだ。

「兄ちゃんの噂でもちきりばい」

「ぼくがそんなことばするると思う。毎日が忙しくてラブレターを書く暇などなか。

宏美が、

「そうやね、一番知っとるやろもん」

「でもみんなから聞かれるけん困るんよ」

学校で、用もないのに稔をじろじろ見て、こそこそ話す人の目が恐い。稔は学校に行きたくなかった。人と会いたくなかった。

でも母を心配させてはいけないと思い、我慢して学校に行った。昼休みは運動場の木の陰に隠れ、時間のたつのを待った。教室で帰りの挨拶が終わると、一直線に

家に帰りウサギの草を取りに行った。そんな日がずっと長く続いた。

「何か困ったことない」

母が笑みを浮かべて聞いた。

「まああね、心配いらんけ」

稔は母を安心させようとした。母は知っているのかと思った。

「稔、誰が何と言おうと、私は稔を信じているからね」

母は稔の顔をみつめ凛《りん》とした顔で言った。稔は嬉しかった、心強くなった。我慢すれば何時かはみんなに分かってもらえる。胸につかえていた物が溶けていくようだった。


小春びよりのポカポカと暖かい日差しの日だった。放課後、稔と幸男は先生の用事で少し遅れて学校を出た。途中《とちゅう》まで来ると、初等科の圭子のグループと高等科の勝治のグループが言い争っている。近づいて見ると、圭子の持っている手さげと習字道具を、勝治が持ってやると言っている。

「自分で持てます。けっこうです」

「そう言わずに重たかろう。持ってやるから」

勝治は圭子の手さげに手をかけた。

「いいんです。本当に」

圭子は困っている。女子のグループは男子の勢いに押されてだまって見ている。

高等科一年生の男子たちは笑いながら楽しんでいる。

「勝治が親切に言ってるから、持ってもらったらどうだ」

宏がやさしい声で言った。

「いいと言ってるのに、誰でも自分で持ってるんだから」

圭子が帰り始めると、勝治は圭子のスカートをつかまえた。

「親切に言ってるんだぞ」

圭子はその手を払いのけ帰り始めた。すると勝治が追いかけて、圭子の前に両手を広げ立ちふさがった。

「どいてよ、私、帰るんだから」

圭子は困り果て悲しそうな声で言った。稔はとっさに勝治の前に出た。

「圭子さんが困っとるけん、通してやらんですか」

「何！　飯泥棒、配給飯のくせに、俺に文句ば言うとか」

勝治は、けわしい眼差しで稔をにらんだ。

「ラブレターを出したけん、かばっちょるのか」

「俺、ラブレター出しとらん。誰かが書いて出したとです」

「なに！」

勝治は稔の胸ぐらをつかんだ。

「もう一ぺん言ってみろ」

「俺、ラブレター書いとらん」

いきなり勝治が稔をなぐった。まともに左頬をなぐられ、稔は二、三歩よろめいた。勝治は近寄って来て、また稔の胸ぐらをつかんだ。稔はその手を払いのけ、二、三歩さがって、勝治の様子をうかがった。勝治は敵意《てきい》をむき出しにして迫ってきた。稔はなぐりかかる手を払いのけ、勢いをつけ腹めがけて突っ込んだ。二人は道の横にあったどろの溝に、まっさかさまに落ちて行った。稔が溝からはい上がると、宏がこぶしをかため稔に向かって来た。その前に幸男が立ちふさがり、

「一対一の喧嘩《けんか》だぞ。稔をなぐるなら、おれが相手だ」

日ごろの幸男とは思えぬ、大きな声だった。宏は溝に入り勝治を起こし始めた。勝治の顔に赤い血が流れていた。鼻血だった。

「家を追い出すからな、おぼえとけ」

すてぜりふを残し、勝治は宏と走って帰った。稔は呆然として帰って行く二人を眺めていた。圭子は、稔の方に頭を下げると、女子組のみんなと帰っていった。

「心配するな。追い出されたらおれん所の養蚕場《ようさんじょう》に来い」

幸男が言うと、稔はこらえていた涙が一気にあふれ出た。

「幸しゃん」

稔は幸男に抱きつき、ボロボロと涙を流した。幸男は稔の手をにぎり歩き始めた。

家に近づくと幸男が言った。

「手伝いに来ていた家族が住んでた養蚕場があるんだ。見ていかんか」

ついて行くと、一階は農具を入れた倉庫だった。

「ここで、料理、洗濯《せんたく》をしてたんだ」

二階に上がると、横二間、たて四間の板張り、たたみ十六枚しける広さだった。

「この広さあったら大丈夫たい。幸男、すまん」

稔はほっとした。

「稔はよく辛抱したよ」

「ありがとう、ありがとう」

稔は幸男の手を両手でにぎり、深く頭を下げた。

家に帰ると、母が青く疲れた顔をしていた。

「何で、勝治さんと喧嘩ばしたと」

ふだんと違う、母の大きな声がひびいた。稔はだまって下を向いた。

「勝治さんのお母さんが、ものすごい剣幕《けんまく》で家ば出て行ってくれって、怒鳴《どな》り込んで来たとよ。家主さんの子と喧嘩するなんて」

稔は下を向いたまま、涙があふれてきた。母は黙ってしまった。

夕方、稔は母と謝りに行く。

「何と言われても、悪うございましたと謝るとばい。この家を出たら行く所がなかとやけん」

小さな心細い声だった。稔は自分が正しいと思っている。向こうから先になぐってきたのだ。悪いことは何もしていない。しかし、母にそう言われると謝るしかない、稔は覚悟を決めた。

勝治のお父さんはいい人だ。村の人はみんなそう思い尊敬している。仕事もうまくいって財をなした人だ。誰にもやさしい人だ。分かってくれるかもしれない。しかし、わが子となればまた別だろう。

母と稔は青い顔をして、

「ごめんください」

小さい声で言った。中から父親の勝蔵おじさんが出て来た。

「中にお入りください」

おだやかな声だった。

「稔が、お宅の息子さんと喧嘩しまして申しわけございません。常日頃、勝治さんと仲よくしなさいと申しているのでございますが、とんでもないことをしてしまいまして、申し訳ございません」

母はそう言って、稔の上着の裾を引いた。

「ごめんなさい」

ボロボロと涙が溢れた。

「悪いのは勝治のようだから、心配いらないよ。稔君は正しいことばしただけだから、勝治の悪いところは、直してほしいと思ってる」

勝蔵おじさんは笑顔で言った。そこに、都おばさんが出て来て、

「お父さん、勝治は怪我《けが》をしたんですよ。責任を取ってもらわないと」

強い言葉で抗議した。あたりはしんとなった。

「都、おまえ、喧嘩しているのを見て言ってるのか」

「勝治が泣きながら話したので、だいたい知ってます」

「喧嘩した所に佳奈がいて、一部始終を話してくれた。最初に手を出したのが勝治、また、なぐられそうになったので、稔君が押して行って溝に落ちたんだそうだ。

勝治の言い分だけではだめだぞ」

「だって、家を貸しているのよ。うちは家主ですよ」

「それとこれは、話がちがう」

勝蔵おじさんは声を荒《あら》げた。母と稔は、

「本当に申しわけございません」

そう言うと、頭を深く下げ玄関をあとにした。外に出ると母は稔の手をぐっとにぎり、「よかったね」と、ほっとした顔で言った。

次の日朝起きて、いつものように牛乳をもらいに行った。佳奈のお陰で家を出ないで助かった。とにかく佳奈にお礼を言おう。はずんだ気持ちで歩いていると、いつの間にか牛乳屋についた。

牛乳をもらって、佳奈の玄関にある牛乳入れにサイダービンを入れていると、箒をかかえた佳奈が歩いて来た。稔は急いで佳奈の前にかけよった。

「ありがとう。佳奈ちゃんのお陰で助かった。家で暮らせます」

「お礼なんて、稔さん、悪いとこないもん。勇気あるのね。驚いたわ」

長居すれば、勝治に見つかるかもしれない。深く佳奈に頭を下げると急いで家に帰った。

二日して圭子から手紙がとどいた。


——先日からありがとうございました。いつも勝治さんから、あんなふうにされて困っていました。もうあんなことはしないだろうと思います。ほっとしています。稔さんは体が小さいのに強いですね。相撲の稽古をしていたからでしょう。頼もしかったです。

かしこ

稔は返事を出そうと思った。書き始めて気がついた。そんなことをしたら、ラブレターが本当にされ、つらい思いを続けなければならない。学校で会って、そっと手紙のお礼を言おう。

久しぶりに宝満宮に行った。行く道に、柊《ひいらぎ》の小さな白い花が風にゆらいでいた。宝満宮の裏山が赤く色づいている木の葉もあった。これで勝治とのことも終わるだろう。堤に来て、飯泥棒、配給飯と言われてきた。しかし、もうそんなことはないだろう。神社で参拝し、明日から中学校の試験勉強をがんばるぞと誓った。

この日はうす曇りで、暖かい日差しはなかった。しかし、稔の心は日本晴れだった。

長い辛い苦しみから解き放され、うきうきしていた。晴れ晴れとした気持ちになった。大声で何か叫びたくなった。急いで家に帰ると、わら屋根に登り始めた。長年たっていた屋根はふわふわして危なかったが、わらを手でしっかりにぎり一気に登った。屋根から甘木の町並みがきれいに見えた。立石国民学校や甘木生徒隊跡も見えた。稔は屋根の上に立ち上がり、

「実るほど、頭を下げる、稔だぞ」

両手のこぶしを突き上げて叫んだ。雲のすきまからひとすじの光が、自信に満ち溢れた稔の顔を照らした。

おわりに

今、ウクライナがロシアから軍事侵攻を受けています。ウクライナの人々は、ロシアからの爆撃に苦しみ、多くの子どもや民間人が傷つき亡くなっています。世界を見渡すと、他にも多くの民間人が戦争で苦しんでいます。国と国とが対立し争うことがあっても、外交交渉で解決しなければならないことはいうまでもありません。戦争は、結局、人を殺害し、傷つけるだけです。絶対に避けなければなりません。

今から七十八年前、一九四五年三月二十七日、大刀洗飛行場は米軍による空襲を受けました。朝倉郡立石村立石国民学校に通っていた私は、この空襲で六名の同級生を奪われ、あわせて三十一名の児童が犠牲になりました。

戦争は兵士だけでなく、平然と多くの子どもたちをも殺します。

もう一つ、学校における「いじめ」の問題があります。

「小学校・中学校・高等学校に通う人の自殺者が五百人をこえた。学校に行けない人はもっと多い」

こうした子どもの自殺を報道するテレビを観ながら愕然としました。

八十年前はいじめで自殺する子どもはいませんでした。私が教師をした時もいじめの話さえありませんでした。子どもは楽しく学校生活を送れていました。

稔の場合は都会から田舎に疎開してきましたので、何かといじめられましたが、現在の自殺するようないじめではありません。しかし、それでも稔の心は大きく傷つきました。稔はこれを克服していくことができました。それは稔には学校の他に居場所があったからだと思います。母や友だちとの深い絆に支えられていたことから、いじめを克服できたのだと思います。

団らんのある普通の暮らしこそ大事だと思います。そこで、さまざまな会話が交わされます。それこそが重要です。その家庭の団らんは、なによりも平和でなければなりません。そのことが生きていくことのすべての出発点です。それだけに、かつての戦争の記憶をしっかり残さなければならないと思います。

この物語を書くにあたり同人雑誌「南風」の宮脇永子様にご指導いただきました。また、出版にあたっては海鳥社の前社長である西俊明氏にご協力いただきました。心から厚くお礼申し上げます。

高山八郎

二〇二三年二月十三日

高山八郎（たかやま・はちろう）

1934（昭和９）年，福岡県朝倉市三奈木に生まれる。1958年，福岡学芸大学卒業。朝倉郡の小学校教師を勤める。

1995年３月，『夢奪われし子ら』（海鳥社刊）。

1995年11月，福岡市民芸術祭小説戯曲部門佳作受賞。

1997年11月，福岡市民芸術祭随筆部門西日本新聞社賞受賞（以降，朝倉郡は福岡市民芸術祭に応募できなくなる）。

1998年３月，「証言大刀洗飛行場」（三輪町刊）。

2004年３月，『炎を超えて』（海鳥社刊）。

2005年３月，「大刀洗飛行場跡を訪ねて」共著ＶＨＳ（三輪町刊）。

2011年９月，「朝倉のあゆみ」共著（鶴陽会刊，朝倉市、朝倉郡の小中学校へ2000部を寄贈）。

ひとすじの光
戦火を逃れて

■

2023年6月20日発行

■

著　者　髙山八郎
発　行　有限会社海鳥社
発行人　杉本雅子
〒812-0023　福岡市博多区奈良屋町13番4号
電話092（272）0120　FAX092（272）0121
http://www.kaichosha-f.co.jp
印刷・製本　大村印刷株式会社
ISBN978-4-86656-147-9
［定価は表紙カバーに表示］
JASRAC出2303378-301